Le Baiser de L'Ange

ELIZABETH CHANDLER

Le Baiser de L'Ange

TOME 1

Traduit de l'anglais (États-Unis)
par Catherine Guillet

L'édition originale de cet ouvrage a paru en langue anglaise
chez Simon Pulse, une marque de Simon et Schuster, New York,
sous le titre :

Kissed by an angel

Pour Pat et Dennis,
15 octobre 1994

Chapitre 1

— Je n'aurais jamais pensé que la banquette arrière d'une voiture puisse être aussi romantique, dit Ivy en s'y adossant.

Elle sourit à Tristan, puis baissa les yeux vers les détritus amoncelés par terre.

— Tu pourrais peut-être enlever ta cravate de ce vieux gobelet.

Avec une moue de dégoût, Tristan attrapa la tasse Burger King dégoulinante et la jeta à l'avant. Puis il se rassit à côté d'Ivy.

— Ouh !

L'odeur de fleurs broyées emplit l'habitacle.

Ivy éclata de rire.

— Qu'est-ce qu'il y a de si drôle ? lui demanda Tristan en sortant des roses écrasées de derrière son dos.

Il riait, lui aussi.

— Et si quelqu'un passait par là et remarquait le signe « Clergé » que ton père a collé sur le pare-chocs ?

Tristan jeta les fleurs sur le siège avant et attira Ivy à lui de nouveau. Il suivit du doigt la bretelle en soie de son caraco et lui embrassa tendrement l'épaule.

— Je leur dirais que j'étais avec un ange.

— Quel esprit !

— Ivy, je t'aime, murmura Tristan, soudain sérieux.

Ivy le regarda, interdite.

— Je ne joue pas, reprit Tristan. Je t'aime, Ivy Lyons, et un jour, tu me croiras.

Ivy l'enlaça et le serra fort contre elle.

— Moi aussi, Tristan Carruthers, souffla-t-elle dans son cou.

Ivy croyait Tristan et lui faisait confiance comme à personne. Viendrait le moment où elle aurait le courage de le dire tout haut : « Je t'aime, Tristan. » Elle le crie-rait par les fenêtres. Elle tendrait une banderole d'un bout à l'autre de la piscine.

Ils se redressèrent, réajustèrent leurs vêtements et repassèrent à l'avant. Ivy se remit à rire. Tristan la regarda en souriant tandis qu'elle essayait, en vain, de dompter sa toison de cheveux blonds. Ils redémar-rèrent. La voiture cahota par-dessus les pierres et dans les ornières. Une fois parvenu sur la petite route étroite, Tristan accéléra.

— Dernier point de vue sur la rivière, dit-il à Ivy alors qu'il abordait un virage serré après lequel la route s'éloi-gnait du cours d'eau.

Le soleil de juin, qui descendait à l'ouest sur la crête de ce paysage du Connecticut, dardait ses fûts de lumière sur la cime des arbres, les faisant étinceler de flocons dorés. La route sinueuse s'enfonça dans un tunnel d'érables, de chênes et de peupliers. Ivy eut l'impression de plonger avec Tristan dans des vagues, sous un soleil brillant, leurs deux corps se mouvant à l'unisson à travers un abîme de bleu, de mauve et de vert profond. Tristan alluma les phares.

— Prends ton temps, lui dit Ivy. Je n'ai plus faim.

— Je t'ai coupé l'appétit ?

— Non, répondit-elle tendrement, je crois que je suis comblée.

La voiture fila dans un virage.

— Je t'ai dit de prendre ton temps.

— C'est bizarre, murmura Tristan. Je me demande ce qui...

Il baissa furtivement le regard.

— Ça n'a pas l'air de...

— Ralentis, je te dis. Ce n'est pas grave si on est un peu en retard... Oh !

Ivy pointa le doigt devant elle.

— Tristan !

Surgie des buissons, une forme s'engageait sur la route. Ivy avait perçu l'éclair fugitif au milieu des ombres denses, sans toutefois pouvoir déterminer ce qui l'avait provoqué. C'est alors que le daim s'arrêta. Il tourna la tête, ses yeux attirés par la lumière des phares.

— Tristan !

Ils roulaient à toute allure vers ces yeux qui brillaient.

— Tristan, tu ne le vois pas ?

La voiture continua de filer.

— Ivy, quelque chose...

— Là ! Le daim ! hurla-t-elle.

Les yeux de l'animal flamboyèrent. Puis une lumière apparut derrière lui, un éclat vif et soudain, en halo autour de sa silhouette sombre. Un autre véhicule arrivait en face. Les arbres les emmuraient. Que ce soit à droite ou à gauche, il n'y avait aucun espace où se réfugier.

— Arrête ! hurla Ivy.

— Je…

— Mais arrête ! Pourquoi est-ce que tu ne t'arrêtes pas ? le supplia-t-elle. Tristan, arrête !

Le pare-brise explosa.

Pendant des jours et des jours, Ivy n'aurait pour seul souvenir que la cascade de verre.

Au coup de feu, Ivy fit un bond. Elle détestait les piscines, surtout les piscines couvertes. Bien qu'elle et ses amies soient à trois mètres de l'eau au moins, Ivy se sentait flotter. L'air lui semblait lourd, telle une brume froide et humide d'un vert bleuâtre gorgé d'une odeur de chlore. Tous les sons se répétaient en écho – le pistolet, les cris de la foule, le claquement du corps des nageurs percutant l'eau. Lorsque Ivy était entrée sous le dôme, sa gorge s'était serrée. Elle aurait préféré être dehors, au grand vent de cette journée claire du mois de mars.

— J'ai oublié, dit-elle. C'est lequel ?

Suzanne Goldstein tourna les yeux vers Beth Van Dyke. Toutes deux secouèrent la tête en soupirant.

— Comment voulez-vous que je le reconnaisse ? reprit Ivy. Ils sont tous chauves, les bras rasés, les jambes rasées, le torse rasé… une équipe de bonnets en caoutchouc et lunettes de plongée. Ils portent les couleurs de notre école, mais pour autant que je sache, ils pourraient aussi bien faire partie d'une cargaison d'extraterrestres.

— Si eux sont des extraterrestres, je m'installe tout de suite sur leur planète, répondit Beth en apprêtant d'un clic rapide son stylo-bille.

Suzanne le lui prit des mains et susurra, comme dans un râle :

— J'adore les compétitions de natation.

— Pourtant, tu ne regardes pas les nageurs quand ils sont dans l'eau, lui fit remarquer Ivy.

— C'est parce qu'elle est trop occupée à lorgner ceux qui se mettent en position sur les plots, expliqua Beth.

— Tristan se trouve dans le couloir central, indiqua Suzanne à Ivy. Les meilleurs nageurs sont toujours placés au centre.

— Tristan est notre vedette, ajouta Beth. Champion de nage papillon. Au niveau de l'État aussi.

Ivy le savait déjà. Le poster de l'équipe de natation était placardé sur tous les murs de l'école : on y voyait Tristan surgir de l'eau, les épaules comme prêtes à se jeter sur vous, les bras puissants déployés telles des ailes.

La responsable de la campagne publicitaire n'avait pas choisi cette photo par hasard. Et elle l'avait fait reproduire en un grand nombre d'exemplaires ; une bonne initiative, car les posters disparaissaient régulièrement des murs sur lesquels ils étaient collés – pour finir dans les casiers des filles.

C'est durant cette période où tout le monde se les arrachait que Beth et Suzanne avaient soupçonné l'intérêt de Tristan pour Ivy. Ils s'étaient cognés deux fois dans le hall en une semaine. Il n'en avait pas fallu davantage pour convaincre Beth, écrivaine aspirante pleine d'imagination qui avait lu toute la collection Harlequin.

— Mais, Beth, je me suis cognée à toi plusieurs fois aussi, lui opposa Ivy. Tu me connais.

— Justement, dit Suzanne. La tête dans les nuages. Six kilomètres au-dessus de la terre. Dans la zone des anges.

» Justement, répéta Suzanne, je crois que Beth est sur une piste. N'oublie pas, c'est lui qui t'a foncé dedans.

— Il est peut-être maladroit quand il n'est pas dans l'eau. Comme les grenouilles, suggéra Ivy tout en sachant qu'il n'y avait rien de maladroit chez Tristan Carruthers.

Ivy avait découvert son existence en ce jour neigeux du mois de janvier où elle était arrivée au lycée de Stonehill. On avait choisi pour la parrainer une élève membre de l'équipe des *cheerleaders*. Alors qu'elles faisaient la queue au self, celle-ci avait demandé à Ivy :

— Tu aimes les sportifs, toi aussi ?

En cet instant, toute la curiosité d'Ivy était absorbée par une substance verte et filandreuse que sa nouvelle école servait à ses élèves.

— J'imagine que dans ton ancien lycée de Norwalk, les filles ne rêvent que de champions de foot américain. À Stonehill, les filles…

« … rêvent de lui », finit Ivy dans sa tête en suivant le regard de son accompagnatrice vers Tristan.

— Personnellement, je préfère les garçons qui ont un cerveau, avait répondu Ivy à la rousse aux cheveux vaporeux.

— Mais il a un cerveau ! avait insisté Suzanne en

entendant cette conversation qu'Ivy lui rapportait quelques minutes plus tard.

Suzanne, la seule fille du lycée qu'Ivy connaissait déjà, avait réussi à la retrouver dans la cohue de la cafétéria.

— Je veux dire un cerveau qui ne soit pas détrempé, avait ajouté Ivy. Tu sais bien que les sportifs ne m'ont jamais intéressée. J'aime discuter.

— Nous voilà bien, avait soupiré Suzanne après avoir émis un long sifflement. Tu communiques déjà avec les anges...

— Ne commence pas, l'avait avertie Ivy.

— Les anges ? s'était étonnée Beth, qui écoutait leur conversation depuis la table voisine. Tu parles aux anges ?

Agacée par cette interruption, Suzanne avait levé les yeux au ciel, puis reporté son attention sur Ivy.

— Tu as toute une collection de statuettes à ailes, tu devrais quand même avoir un ange de l'amour dans tout ça, avait repris Suzanne.

— Oui, bien sûr.

Beth les avait à nouveau interrompues :

— Qu'est-ce que tu leur dis, à tes anges ?

Tout en posant la question, elle avait ouvert un carnet et pris un stylo entre ses doigts, manifestement prête à noter la moindre parole d'Ivy.

De nouveau, Suzanne l'avait ignorée.

— Laisse-moi te dire, Ivy, que si tu as vraiment un ange de l'amour comme tu le prétends, il est nul. Quelqu'un devrait lui rappeler l'objet de sa mission.

Ivy avait haussé les épaules. Elle ne se désintéressait pas totalement des garçons, mais entre ses cours de musique, son travail au magasin, ses révisions pour maintenir ses moyennes à l'école, et Philip, son petit frère âgé de huit ans dont elle s'occupait souvent, ses journées étaient bien assez remplies comme cela. Sans compter que ces derniers mois avaient été particulièrement difficiles pour Philip, Ivy et leur mère. Ivy n'aurait pas tenu longtemps sans ses anges.

Après cette première journée au lycée, en ce mois de janvier, Beth avait harcelé Ivy de questions sur sa croyance et insisté pour qu'elle lise certaines des nouvelles sentimentales qu'elle écrivait. Ivy aimait bien lui parler. Beth, au visage rond, dont les cheveux mi-longs étaient éclaircis aux pointes et dont les habitudes vestimentaires s'échelonnaient de l'excentrique au vieillot, vivait un nombre impressionnant de vies incroyablement romantiques et pleines de passion... dans sa tête.

Suzanne, à la splendide crinière de longs cheveux noirs, aux sourcils et aux pommettes spectaculaires, recherchait aussi la passion, et en vivait de nombreuses... dans les salles de classe et les couloirs du lycée de Stonehill, ce qui laissait les garçons totalement épuisés. Beth et Suzanne n'avaient jamais été amies, mais, vers la fin du mois de février, toutes deux s'étaient liguées pour pousser Ivy et Tristan dans les bras l'un de l'autre.

— On dit qu'il est drôlement intelligent, avait annoncé Beth lors d'un autre repas à la cafétéria.

— Un vrai cerveau, avait renchéri Suzanne. Le meilleur de la classe.

Ivy avait haussé un sourcil.

— Si, si, le meilleur, ou presque.

— La natation est un sport subtil, avait poursuivi Beth. On dirait à les regarder qu'ils ne font qu'aller et venir, mais un gars comme Tristan prépare son coup et élabore des stratégies gagnantes pour chaque compétition.

— Hum, s'était contentée de répondre Ivy.

— La seule chose qu'on essaie de te dire, avait repris Suzanne, c'est que tu devrais assister à la prochaine épreuve.

— Et t'asseoir sur les premiers gradins, avait suggéré Beth.

— Et me laisser choisir ta tenue pour l'occasion, avait ajouté Suzanne. Tu sais bien que je sais mieux que toi ce qui te va.

Avec un long soupir, Ivy s'était demandé, ce jour-là et les suivants, comment ses deux amies pouvaient penser qu'un garçon comme Tristan Carruthers s'intéressait à elle.

Or, lorsque Tristan, debout devant les élèves de leur classe de première réunie, leur avait dit à tous combien son équipe avait besoin qu'ils viennent les encourager pour leur dernière compétition de l'année scolaire, les yeux rivés sur Ivy et Ivy seulement, cette dernière en était venue à la conclusion qu'elle n'avait pas d'autre choix que d'y aller.

— S'ils perdent ce tournoi, lui avait dit Suzanne, ce sera ta faute, ma vieille.

La fin de mars était arrivée, et Ivy regardait donc Tristan, qui s'échauffait. Avec ses épaules larges et puissantes et ses hanches étroites, il avait un physique de nageur parfait. Son bonnet de bain dissimulait des cheveux raides et châtains, dont Ivy avait le vague souvenir qu'ils étaient courts et épais.

— Son corps musculeux… souffla Beth.

Elle avait repris son stylo des mains de Suzanne et, après plusieurs clics, avait commencé à rédiger :

— Tel un roc scintillant. Sinueux dans les mains du sculpteur, en fusion entre les doigts de l'amant…

Ivy baissa les yeux vers le carnet de Beth.

— C'est quoi cette fois ? lui demanda-t-elle. De la poésie ou un roman d'amour ?

— Qu'est-ce que ça change ? lui rétorqua son amie.

— Attention au départ ! lança le juge.

Les nageurs montèrent sur les plots.

— Dis donc, murmura Suzanne, ces petits maillots ne laissent pas beaucoup de place à l'imagination. Je me demande à quoi Gregory ressemble habillé comme ça.

Ivy lui donna un coup de coude.

— Ne parle pas si fort, il est juste à côté.

— Je sais, répliqua Suzanne en passant la main dans sa belle chevelure.

— À vos marques…

Beth se pencha pour jeter un coup d'œil vers Gregory Baines.

— Son corps long et svelte, assoiffé et sensuel…

Pan !

— Tu choisis toujours des mots avec des *s*, remarqua Suzanne.

Beth opina.

— Les allitérations en *s* donnent l'impression d'un souffle lourd. Assoiffé, inassouvi, ensorcelant…

— Vous regardez la course, oui ou non ? les interrompit Ivy.

— C'est un quatre cents mètres, Ivy. Ils ont le temps de faire des allers-retours.

— Je vois. Et qu'est-ce que vous faites du cerveau capable d'élaborer des stratégies gagnantes pour ce sport subtil qu'est la natation ?

Beth se remit à écrire.

— Il vole tel un ange et rêve que ses ailes ruisselantes se transforment en des bras ardents pour son Ivy. Je suis vraiment inspirée aujourd'hui !

— Moi aussi, susurra Suzanne, dont le regard glissa le long de la rangée de corps alignés dans la chambre d'appel, avant de sauter par-dessus quelques spectateurs et de se poser sur Gregory.

Ivy suivit son regard, mais s'empressa de reporter son attention sur les nageurs. Depuis trois mois, Suzanne, *assoiffée*, *inassouvie*, *ensorcelante*, s'était lancée à la conquête de Gregory Baines. Ivy aurait préféré qu'elle jette son dévolu sur quelqu'un d'autre, et qu'elle le fasse vite, très vite, avant le premier samedi d'avril.

— C'est qui, cette brunette ? demanda soudain Suzanne. Je déteste les petits modèles de son genre. Ce n'est pas du tout le style de Gregory. Visage trop petit, mains trop petites, pieds trop petits et trop délicats aussi.

— Grosse poitrine, ajouta Beth en levant la tête.

— C'est qui ? Tu l'as déjà vue, Ivy ?

— Suzanne, tu es dans cette école depuis plus longtemps que…

— Tu ne l'as même pas regardée, l'interrompit Suzanne.

— C'est parce que j'observe notre champion comme on est censées le faire. Qu'est-ce qu'ils veulent dire par *bélier* ? Tout le monde crie « le Bélier ! » quand Tristan prend un virage.

— C'est son surnom, lui expliqua Beth. C'est à cause de la façon dont il attaque le mur. Il se lance dessus la tête la première, pour pouvoir repartir plus vite.

— Je vois, dit Ivy. Effectivement, c'est un vrai cerveau s'il se tape la tête contre des murs en béton. Combien de temps durent ces compétitions ?

— Ivy, arrête, gémit Suzanne en lui tirant le bras. S'il te plaît, dis-moi si tu connais cette brune.

— C'est Twinkie.

— Tu me mens.

— Non, c'est Twinkie Hammonds, insista Ivy. Elle est dans mon cours de musique.

Sentant qu'on parlait d'elle, Twinkie Hammonds se retourna avec un air mauvais. Intrigué, Gregory suivit son regard et son visage prit une expression amusée.

Gregory Baines avait un sourire charmant, des cheveux noirs et des yeux gris – d'un gris froid, trouvait Ivy. S'il était grand, ce n'était pas sa taille qui faisait qu'on le remarquait au milieu d'une foule, mais sa confiance en lui. Il était comme un acteur, comme la star d'un film qui prend part à l'action, mais qui, une fois la scène terminée, se tient à l'écart des autres, persuadé qu'il est le meilleur. Les Baines formaient la famille la plus nantie de l'opulente ville de Stonehill ; toutefois, Ivy savait que ce n'était pas tant l'argent de Gregory que sa froideur et sa distance qui rendaient Suzanne folle. Celle-ci voulait toujours ce qu'elle ne pouvait pas avoir.

Ivy passa doucement le bras autour des épaules de son amie. Dans l'espoir de détourner son attention, elle lui indiqua un Apollon qui s'échauffait dans la chambre d'appel. Puis elle s'écria « le Bélier ! » lorsque Tristan entama son dernier virage.

— Je crois que ça commence à me plaire, dit-elle.

Malheureusement, Suzanne n'avait que Gregory en tête. Ivy craignit que, cette fois, Suzanne ne soit bien accrochée.

— Il nous regarde, lança Suzanne tout émoustillée. Il vient vers nous !

Ivy sentit son corps se raidir.

— Le chihuahua le suit.

« Pourquoi ? » se demanda Ivy. Qu'avait soudain à lui dire Gregory après trois mois passés à l'ignorer ? En janvier, elle avait vite compris qu'il nierait son existence. Comme liés par un accord tacite, ni lui ni elle n'avait crié sur les toits que leur père et mère respectifs allaient se marier. Peu de personnes savaient que lui et Ivy vivraient sous le même toit à partir du mois d'avril.

— Salut, Ivy !

Twinkie fut la première à parler. Elle se fit une place auprès d'Ivy sans accorder la moindre attention à Suzanne et en gratifiant Beth d'un seul et rapide coup d'œil.

— Je disais à Gregory qu'on est toujours assises l'une à côté de l'autre en cours de musique.

Ivy regarda Twinkie avec surprise. Ce détail lui avait échappé.

— Il ne t'a jamais entendue jouer du piano. Il ne savait pas à quel point tu es douée.

Ivy en resta bouche bée. La dernière fois qu'elle avait joué une composition originale devant son groupe, Twinkie avait montré son appréciation en se limant les ongles.

C'est alors qu'Ivy sentit le regard de Gregory sur elle.

Elle leva la tête et il lui adressa un clin d'œil. Vivement, Ivy lui indiqua ses deux amies.

— Tu connais Suzanne Goldstein et Beth Van Dyke ?

— Pas vraiment, répondit Gregory en adressant un sourire à chacune d'elles.

Suzanne rayonnait. Beth examina Gregory avec l'intérêt d'un chercheur, le doigt pressant machinalement son stylo.

— Tu sais quoi, Ivy ? À partir d'avril, tu n'habiteras pas loin de chez moi. Pas loin du tout, annonça Twinkie. Ce sera plus simple si on veut s'entraîner ensemble.

Plus simple ?

— Je pourrai te conduire à l'école aussi. Ce sera plus rapide pour moi de venir te chercher.

Plus rapide ?

— Peut-être qu'on pourra se voir davantage.

Davantage ?

— Ça alors, Ivy ! s'exclama Suzanne en battant de longs cils noirs. Tu ne m'avais jamais dit que Twinkie et toi étiez de si bonnes amies ! On pourrait peut-être toutes se voir davantage. Toi aussi, tu aimerais bien aller chez Twinkie, pas vrai, Beth ?

Gregory eut peine à réprimer un sourire.

— On pourrait faire une soirée pyjama.

Twinkie n'avait pas l'air ravie.

— On pourrait parler des garçons, de nos chéris, voter pour le plus sexy.

Suzanne se tourna vers Gregory, qu'elle toisa des pieds à la tête sans oublier le moindre détail. Lui conserva son air goguenard.

— On pourrait même inviter les anciennes copines

qu'Ivy avait à Norwalk, poursuivit Suzanne toute guil-
lerette.

Elle savait que les fils et filles de bonne famille de
Stonehill, dont les parents travaillaient à New York, ne
se mélangeaient jamais aux cols-bleus de Norwalk.

— Elles adoreraient venir, reprit-elle. On pourrait
toutes être amies. Ça serait chouette, non ?

— Pas vraiment, lui répondit Twinkie en lui tournant le dos avant d'ajouter : Contente de t'avoir parlé,
Ivy. J'espère qu'on se reverra bientôt. On y va, Greg ? Il
y a trop de monde ici.

Là-dessus, elle se leva et tira Gregory par le bras. Ivy
reporta son attention sur la piscine, mais Gregory, qui
n'avait pas bougé, lui attrapa le menton et le souleva
vers son visage du bout des doigts. Il souriait.

— Naïve Ivy, murmura-t-il. Tu as l'air gênée. Pourquoi ? Ça va dans les deux sens, tu sais. Il y a plein de
gars que je connais à peine qui me parlent tout à coup
comme si j'étais leur meilleur copain, qui prévoient de
passer chez moi la première semaine d'avril... Pourquoi,
à ton avis ?

— Parce que tu fais partie du groupe auquel tout le
monde veut appartenir, je suppose, lui répondit Ivy en
haussant les épaules.

— Tu es vraiment naïve ! répéta-t-il.

Ivy aurait bien aimé qu'il la laisse tranquille. Elle
tourna les yeux vers la rangée suivante de gradins, là
où les amis de Gregory étaient assis. Twinkie les avait
rejoints et riait avec Eric Ghent, et un autre garçon
qu'Ivy ne connaissait pas : le très silencieux et secret
Will O'Leary, qui croisa son regard.

Gregory retira sa main. Sur un simple signe de tête à

Suzanne et Beth, il s'éloigna, les yeux toujours pétillants. Lorsque Ivy put enfin regarder le bassin, elle découvrit que trois nageurs coiffés de bonnets en caoutchouc et vêtus de maillots de bain identiques l'observaient. Elle n'aurait su dire si l'un d'eux était Tristan, si tant est qu'il se soit trouvé parmi eux.

Chapitre 2

— Je me sens bête, dit Tristan.

Il venait de jeter un coup d'œil par le losange vitré en haut de la porte qui séparait la cuisine et le réfectoire du Club des anciens élèves de l'université.

On y allumait les candélabres, on vérifiait les verres à pied en cristal. Dans la grande cuisine où Gary et lui se trouvaient, on disposait sur les tables des fruits lustrés, des hors-d'œuvre. Tristan n'avait aucune idée de leurs noms et savait encore moins comment on les servait. Il espérait simplement que toute cette nourriture ainsi que les coupes de champagne qu'il devrait porter resteraient stables sur son plateau.

Gary, lui, se débattait avec ses boutons de manchette. La ceinture du smoking qu'il avait loué ne cessait de se détacher et de se dérouler car le Velcro ne collait plus. Une de ses chaussures noires, trop petites d'une pointure, arborait un lacet mauve qu'il avait pris dans l'urgence sur une paire de tennis.

« Gary est un vrai copain. Personne d'autre ne m'aurait aidé dans cette galère », songea Tristan.

— N'oublie pas que c'est bien payé, dit-il alors à voix haute, et qu'on a besoin de cet argent pour le championnat du Midwest.

— S'il nous en reste quand on aura remboursé ce qu'on aura cassé ici.

— Bien sûr qu'il nous en restera ! lui répondit Tristan avec assurance.

Servir ne devait pas être très compliqué. Gary et lui étaient des nageurs. Et leur équilibre naturel d'athlètes leur avait permis de berner le traiteur quand il les avait interrogés sur leur expérience dans la profession. Ce travail serait du gâteau.

Tristan prit un plateau argenté et y étudia son reflet.

— Je me sens bête, mais j'ai surtout l'air bête.

— Non, tu *es* bête, lui répondit Gary. Et pour ton information, je ne le suis pas assez moi-même pour croire une seconde que tu veux gagner cet argent pour la compétition du Midwest.

— Qu'est-ce que tu veux dire ?

Gary attrapa un balai à franges et se le posa sur la tête en guise de perruque.

— Oh, Tristy, minauda-t-il d'une voix haut perchée, quelle surprise de te voir au mariage de ma mère !

— Tais-toi, Gary.

— Oh, Tristy, pose ce plateau et fais-moi danser, reprit Gary avec un sourire en tapotant les franges du balai.

— Ses cheveux ne sont pas du tout comme ça.

— Oh, Tristy, j'ai attrapé le bouquet de ma mère. Sauvons-nous loin d'ici et partons nous marier.

— Je ne veux pas l'épouser ! Je veux juste qu'elle sache que j'existe. Je veux juste sortir avec elle. Rien qu'une fois ! Et si elle ne m'apprécie pas, eh bien...

Tristan haussa les épaules, comme s'il ne s'en formalisait pas, comme si le plus gros coup de foudre qu'il ait jamais eu pouvait s'effacer du jour au lendemain.

— Oh, Tristy...

— Je vais te donner un coup de...

La porte de la cuisine s'ouvrit en grand.

— Jeunes gens, proclama *monsieur*[1] Pompideau, les invités sont arrivés et sont prêts à se sustenter. La fortune nous sourira-t-elle assez pour que les deux *garçons* expérimentés que vous êtes daignent aller les servir ?

— Il se moque ? demanda Gary.

Les yeux levés au ciel, Tristan l'entraîna rejoindre les autres serveurs, qui étaient déjà à leurs postes.

Durant les dix premières minutes, il essaya d'apprendre son nouveau métier en observant ses collègues. Il savait que les filles, et leurs mamans, aimaient son sourire, et il en usa à satiété, notamment lorsque le caviar qu'il offrait décida de sauter comme un poisson sur les genoux d'une dame d'un certain âge.

Puis il se mit à naviguer dans cette grande salle de réception où des messieurs ventripotents délestèrent peu à peu le plateau qu'il portait. Il était si occupé à glisser des regards discrets à la recherche d'Ivy qu'il remarqua à peine lorsque deux des invités lui tournèrent le

---

1. Les termes suivis d'un astérisque sont en français dans le texte. (*N.d.T.*)

dos en grommelant. Il ne pensait qu'à Ivy. Qu'à ce qu'il lui dirait s'il tombait nez à nez avec elle. « Tu veux des beignets de crabe ? » Ou bien : « Puis-je te suggérer *le ballée de crabe** ? »

Oui, cela l'impressionnerait.

Mais que lui arrivait-il ? Pourquoi lui, Tristan Carruthers, lui qui était accroché dans les casiers d'une centaine de filles au moins (enfin, presque), ressentait-il ce besoin de l'éblouir, elle, cette fille qui n'avait aucune envie de voir sa photo accrochée dans son casier ni, pour autant qu'il sache, dans celui d'aucun autre garçon, d'ailleurs ? Elle parcourait les mêmes halls que lui et, pourtant, on aurait dit qu'elle voyageait sur une autre planète.

Il l'avait remarquée le jour même de son arrivée à Stonehill. Son envie de la regarder et de la toucher ne venait pas seulement de la beauté atypique d'Ivy, de sa crinière sauvage de cheveux blonds bouclés tout emmêlés et de ses yeux vert de mer. Non, ce qui attirait Tristan, c'était cette liberté qui se dégageait d'elle, là où les autres semblaient prisonniers : quand elle parlait, elle regardait droit dans les yeux, sans vérifier autour d'elle qui se trouvait là ; elle ne s'habillait pas comme tout le monde ; et elle avait une façon à elle de s'évader en chantant.

Un jour, Tristan l'avait écoutée, subjugué, debout dans l'embrasure de la porte qui ouvrait sur la salle de musique. Bien sûr, elle ne l'avait même pas remarqué.

Au point que Tristan se demandait si Ivy savait qu'il existait. Travailler pour le traiteur était-il le meilleur moyen de lui en faire prendre conscience ? Après avoir récupéré un gros beignet de crabe qui avait roulé entre deux chaussures pointues, il commença à en douter.

C'est alors qu'il la vit. Elle était tout en rose, sous des mètres de tissu rose nacré qui bouffaient et retombaient de ses épaules avant de se resserrer à la taille et d'être mis en forme probablement par un cerceau au niveau de la jupe.

Gary passa juste à ce moment-là. Tristan se tourna un peu trop vite et leurs coudes se heurtèrent. Huit verres tremblèrent sur leur pied et des vaguelettes de vin rouge giclèrent.

— Quelle robe ! pouffa Gary discrètement.

Tristan haussa les épaules. Certes, elle faisait ringard, mais il s'en moquait.

— Elle finira bien par l'enlever, raisonna-t-il.

— Mais c'est que monsieur n'a peur de rien.

— Ce n'est pas ce que je voulais dire ! Ce que je...

— Pompideau ! l'avertit Gary.

Ils se séparèrent. Pas assez vite cependant, car le traiteur empoigna Tristan et l'entraîna dans la cuisine. Lorsque ce dernier en ressortit, il était chargé d'un plateau couvert de légumes au centre desquels se trouvait un petit bol de sauce – en résumé, rien qui puisse se renverser. Toutefois, la réputation de Tristan était faite et, désormais, les invités s'arrangèrent pour s'écarter de son chemin lorsqu'ils le voyaient approcher. En conséquence, son plateau resta plein, il n'eut plus besoin ou presque de regarder où il mettait les pieds et disposa de tout son temps pour scruter la salle.

— Hé, nageur ! Nââgeur...

C'était quelqu'un de l'école, un ami de Gregory. Tristan n'avait jamais apprécié sa bande. Tous avaient de l'argent et s'en vantaient. Ils faisaient les quatre cents coups aussi, toujours à la recherche de nouveaux frissons.

— Nââgeur… t'es sourd ? insista le garçon.

Eric Ghent, le visage maigre et le cheveu blond et fin, était nonchalamment adossé au mur, une main posée sur un bougeoir.

— Je te prie de m'excuser, dit Tristan. Tu me parlais ?

— Je te connais, le Bélier. Je te connais. Alors, c'est à ça que tu occupes ton temps entre tes longueurs de piscine ?

Eric lâcha le bougeoir et tangua un peu sur ses pieds.

— C'est à ça que j'occupe mon temps pour pouvoir me permettre de faire des longueurs, lui répondit Tristan.

— Super. Je vais t'acheter quelques lôôngueurs…

— Quoi ?

— Je vais t'aider à ne pas perdre ton temps, le Bélier ; tu vas aller me chercher un verre.

Tristan regarda Eric de la tête aux pieds.

— Je crois que tu en as déjà bu un.

Eric leva quatre doigts, puis laissa retomber sa main mollement.

— D'accord, quatre, dit Tristan.

— C'est une soirée privée, reprit Eric. Ils servent même les mineurs. Et puis, privée ou pas, ils serviront tous ceux que le vieux Baines leur demande de s… s… servir. L'homme achète tout le monde, tu sais.

« Ainsi, c'est de son père que Gregory tient son attitude », songea Tristan.

— En ce cas, lança-t-il à voix haute, le bar est par là.

Il voulut s'éloigner, mais Eric se planta juste devant lui.

— Le problème, c'est qu'on ne m'y veut plus.

Tristan respira profondément.

— J'ai besoin d'un verre, le Bélier. Et toi, t'as besoin de fric.

— Je ne prends pas de pourboire.

Eric éclata de rire.

— C'est peut-être parce qu'on ne t'en offre pas. Je t'ai vu à l'œuvre. Tu fais peur à tout le monde. Et moi, je dis que tu prendrais les pourboires si on t'en offrait.

— Désolé.

— On a besoin l'un de l'autre et on a le choix : soit on se fait du bien, soit on se fait du mal.

Tristan ne répondit pas.

— Tu vois ce que je veux dire, le Bélier ?

— Je vois ce que tu veux dire, mais je ne peux rien pour toi.

Eric s'avança d'un pas. Tristan recula. Eric s'approcha encore.

Tristan se raidit. Comparé à lui, l'ami de Gregory était un poids plume, de la même taille que lui, mais certainement pas aussi carré. Toutefois, il était ivre et n'avait rien à perdre – en tout cas pas un plateau couvert de légumes.

« Très bien, réfléchit Tristan. Si je l'esquive d'un pas de côté, il tombera à genoux, puis face contre terre. »

Le seul détail que Tristan n'avait pas prévu, c'est que la procession des mariés et des deux familles passerait à cet instant précis. Il les remarqua du coin de l'œil au dernier moment, sauta immédiatement sur l'autre pied. Et heurta de plein fouet Eric qui avait continué d'avancer de son pas titubant. Céleri et chou-fleur, champignons et lamelles de poivron, brocolis et pois gourmands s'envolèrent vers le lustre, avant de retomber en pluie sur la procession.

Cette fois, elle le regarda. Ivy, radieuse Ivy. Leurs yeux se croisèrent furtivement, les siens aussi ronds que les tomates cerises qui roulaient sur la traîne de sa mère.

Tristan était désormais certain qu'elle était consciente de son existence.

Et tout aussi certain qu'elle ne sortirait jamais avec lui. Jamais.

— Tu avais peut-être raison, Ivy, chuchota Suzanne tandis qu'Ivy et elle regardaient les légumes éparpillés. Sur la terre ferme, Tristan est un vrai manche.

« Que fait-il ici ? » se demanda Ivy. Pourquoi n'était-il pas resté dans sa piscine, dans son élément ? Elle savait que ses amies seraient maintenant convaincues qu'il la suivait, et elle en fut gênée.

Beth les rejoignit, non sans transpercer une tomate avec son talon aiguille.

— C'est peut-être comme ça qu'il se fait de l'argent, suggéra-t-elle en remarquant le trouble d'Ivy.

— En jetant des brocolis sur des mariés ? ironisa Suzanne.

— Son copain roux est là aussi, poursuivit Beth.

Ses cheveux méchés aux pointes étaient relevés sur le haut de sa tête, ce qui lui donnait encore plus l'air d'une gentille petite chouette.

— Ils sont aussi incompétents l'un que l'autre, fit observer Suzanne.

— Ce qui signifie que c'est la soirée qui les intéressait, soupira Ivy, pas le travail.

— Je suppose que Tristan est raide, en déduisit Beth.

— Raide pauvre ou raide pour Ivy ? demanda Suzanne.

Toutes deux s'esclaffèrent.

— Allez, Ivy, dit Beth en lui tapotant le bras. On plaisante ! Je suis sûre qu'il a été drôlement surpris de découvrir ta tenue.

Suzanne ouvrit des yeux immenses et entonna la musique d'*Autant en emporte le vent*.

Ivy fit la moue. Elle savait qu'elle ressemblait à une Scarlett O'Hara plongée dans un seau de paillettes. C'était sa mère qui avait choisi la robe pour elle.

Suzanne fredonnait toujours.

— Je suis sûre que Gregory a été drôlement surpris de découvrir la tenue de Suzanne, se vengea Ivy dans l'espoir de la faire taire.

Cette dernière était vêtue d'une robe fourreau noire à décolleté plongeant.

— J'espère bien ! répondit Suzanne.

— Quand on parle du loup... intervint Beth.

— Ah, te voilà, Ivy !

La voix de Gregory était chaleureuse, presque intime. Suzanne pivota sur ses talons. Gregory venait offrir son bras à Ivy.

— On nous attend à la table d'honneur, lui dit-il.

Ivy emboîta le pas à son cavalier tout en regrettant de ne pouvoir laisser sa place à Suzanne. Sa mère leva la tête à leur approche et adressa un sourire rayonnant à sa fille, qu'elle avait habillée comme une propriétaire de plantation sudiste.

— Merci, dit Ivy tandis que Gregory avançait la chaise pour elle.

Il lui sourit, de ce drôle de sourire secret qu'elle lui avait vu lors de la compétition de natation. Il se pencha, ses lèvres tout près de son cou nu.

— Avec plaisir, madame, murmura-t-il.

Ivy tressaillit. « Il s'amuse, se dit-elle. Fais pareil. »

Depuis le tournoi, il la taquinait et essayait de se montrer aimable. Elle aurait sans doute dû lui en savoir gré ; mais elle préférait l'ancien, le froid Gregory.

Elle avait parfaitement compris sa réaction glaciale lorsqu'elle était arrivée dans son lycée. Elle se doutait du choc terrible qu'il avait ressenti en apprenant que Maggie quittait Norwalk pour s'installer avec sa progéniture dans un appartement que son propre père avait loué pour elle à Stonehill en vue de leur prochain mariage.

La liaison entre Andrew et Maggie avait commencé des années auparavant. Personne n'avait cru qu'elle durerait, d'autant qu'Andrew et la mère d'Ivy formaient un couple des plus improbable : comment un président d'université extrêmement riche et distingué pourrait-il vivre avec la coiffeuse de son ex-épouse ? Personne n'aurait pensé que, des années après leur brève aventure, des années après le divorce d'Andrew, Maggie et lui décideraient de s'unir par les liens sacrés du mariage.

Ivy elle-même en avait été stupéfaite. Son propre père était décédé alors qu'elle était très jeune. Elle avait grandi en voyant sa mère passer d'un compagnon à un autre, et s'était faite à l'idée qu'il en serait toujours ainsi.

Ivy pencha la tête vers sa mère, assise un peu plus

loin. Ce faisant, elle croisa le regard d'Andrew. Il lui souriait et poussa doucement sa nouvelle épouse du coude. Maggie tourna vers sa fille un visage radieux. Elle avait l'air si heureuse.

« Ange de l'amour, pria Ivy en silence, protège maman. Protège-nous tous. Fais de nous une famille aimante, aimante et forte. »

— Oserais-je te dire que tes… euh… que tes paillettes trempent dans la soupe ?

Ivy se redressa d'un coup. Gregory éclata de rire et lui offrit sa serviette.

— Cette robe risque de t'attirer beaucoup d'ennuis, lui dit-il d'un ton taquin. Elle a failli aveugler Tristan Carruthers.

Ivy sentit le feu lui monter aux joues. Elle voulait faire remarquer à Gregory que c'était Eric, pas elle…

— Je plains la table que lui et son copain vont servir ce soir, ajouta Gregory, toujours avec un large sourire. J'espère que ce ne sera pas la nôtre.

Tous deux scrutèrent la pièce des yeux.

« Moi aussi, songea Ivy. Moi aussi. »

Peu après l'épisode de la douche aux légumes crus, on avait dit à Tristan qu'il pouvait se retirer, qu'il devait même se retirer, immédiatement. Las et humilié, Tristan aurait été heureux de disparaître, mais il avait promis à Gary de le raccompagner en voiture. Il chercha donc dans la cuisine un endroit où se cacher : il opta pour le cellier.

Il y faisait sombre et tout y était calme. Les étagères étaient chargées de caisses et de boîtes de conserve. Tristan venait juste de s'installer confortablement sur un carton, lorsqu'il entendit un bruissement derrière lui. Des souris ou des rats, sans doute. Peu lui importait. Il essaya de se consoler en s'imaginant debout sur le plus haut podium, le drapeau des États-Unis s'élevant derrière lui au son de l'hymne national, sous les yeux d'une Ivy assise devant sa télévision et regrettant amèrement d'avoir manqué l'occasion de sortir avec lui.

— Quel idiot ! lâcha-t-il soudain en enfouissant sa tête dans ses mains. Je peux avoir toutes les filles que je veux et je…

Quelqu'un tapota doucement son épaule.

Tristan se redressa d'un coup et fixa le visage pâle et triangulaire qui le regardait. Le garçon semblait avoir une huitaine d'années, était bien habillé, portait une cravate nouée serré, et ses cheveux noirs étaient plaqués. Il devait faire partie des invités.

— Qu'est-ce que tu fais ici ? lui demanda Tristan sèchement.

— Est-ce que tu pourrais aller me chercher à manger ? lui demanda le petit en retour.

Tristan se renfrogna, agacé à l'idée de devoir partager son refuge, cet endroit confortable où il aurait pu s'alanguir en pensant à Ivy.

— Vas-y toi-même, répliqua-t-il.

— Ils me verront.

— Ils me verront aussi !

La bouche du garçon se ferma en une mince ligne droite. Il avait la mâchoire serrée. Mais ses yeux paraissaient inquiets et ses sourcils étaient froncés.

Tristan lui parla d'une voix un peu plus douce :

— On dirait que toi et moi voulons faire la même chose. Tu te caches, toi aussi ?

— J'ai vraiment faim. Je n'ai pas mangé depuis hier soir.

Par la porte à peine entrebâillée, Tristan apercevait les serveurs aller et venir lestement. Le dîner avait commencé.

— Attends, j'ai peut-être ce qu'il faut dans ma poche, dit-il au garçon.

Il en tira un beignet de crabe écrasé, plusieurs crevettes, trois branches de céleri farci, une poignée de noix de cajou, ainsi qu'un aliment indéfinissable.

— C'est du sushi ? lui demanda le petit.

— Je n'aurais pas deviné. Mais, je te préviens, tout était par terre. Quant à cette veste, je l'ai louée et je ne sais pas à quoi elle a servi avant moi.

Le garçon hocha la tête d'un air solennel et étudia la sélection que Tristan lui proposait.

— J'aime les crevettes, déclara-t-il enfin.

Il en prit une, cracha dessus, puis la nettoya avec le bout du doigt. Il répéta l'opération pour chacune d'elles, pour le beignet de crabe, et pour le céleri. Tristan se demanda s'il cracherait pareillement sur les noix de cajou. Quel pouvait bien être le problème de ce gamin pour qu'il passe la journée sans manger, caché dans un cellier ?

— Apparemment, tu n'aimes pas les mariages, lui dit-il alors.

Le petit lui jeta un coup d'œil rapide, puis mordilla ce qu'il avait identifié comme du sushi.

— Tu as un nom ?

— Oui.

— Le mien est Tristan. Et le tien ?

Le garçon mit de côté ce que Tristan ne reconnaissait

toujours pas comme un morceau de poisson et entreprit de grignoter les noix.

— J'aimerais bien un vrai repas, dit-il. J'ai tellement faim.

D'un air interrogateur, Tristan tourna la tête vers la porte entrebâillée. Dans la cuisine, la ronde des serveurs se poursuivait.

— Il y a trop de monde, dit-il.

— Tu as des ennuis ? lui demanda le garçon.

— Quelques-uns. Rien de grave. Et toi ?

— J'en aurai quand ils m'auront retrouvé.

— Tu sais que tu ne pourras pas toujours rester ici ?

Les yeux plissés, le garçon scruta la pièce remplie d'étagères et plongée dans la pénombre comme s'il considérait sérieusement quelles y seraient ses possibilités.

Tristan posa une main apaisante sur son bras.

— Quel est ton problème, petit ? Tu veux m'en parler ?

— Je voudrais vraiment pouvoir manger, répéta le garçon.

— D'accord, d'accord ! s'écria Tristan d'un ton irrité.

— Je voudrais un dessert aussi.

— Tu mangeras ce que je trouverai ! aboya Tristan.

— D'accord, répondit le garçon, soudain doux comme un agneau.

Tristan soupira.

— Ne fais pas attention à moi. Je suis de mauvaise humeur.

— Je fais attention à toi, lui assura le petit.

— Écoute, reprit Tristan, l'œil toujours rivé sur la porte, il n'y a plus qu'un serveur dans la cuisine, mais il y a encore plein de nourriture. Tu m'accompagnes ? Parfait ! Il s'en va. Attaquants, à vos marques, prêts...

— Où est Philip ? demanda Ivy.

Ils en étaient à la moitié du repas lorsqu'elle remarqua que la chaise de son frère était vide.

— Tu as vu Philip ? répéta-t-elle tout en se levant.

Gregory la tira par le bras pour la forcer à se rasseoir.

— À ta place, je ne m'inquiéterais pas, Ivy. Il doit être en train de s'amuser quelque part par là.

— Mais il n'a rien mangé de la journée, objecta Ivy.

— Alors il est dans la cuisine, lui répondit Gregory simplement.

Gregory ne pouvait pas comprendre. Philip menaçait de s'enfuir depuis des semaines. Ivy avait essayé de lui expliquer ce qui les attendait, comme ce serait agréable de vivre dans une grande maison avec un court de tennis et une vue sur la rivière, et comme ce serait formidable d'avoir Gregory pour grand frère. Philip ne l'avait pas crue une seconde. En réalité, Ivy n'y croyait pas non plus.

Elle repoussa sa chaise, trop vite cette fois pour que Gregory puisse l'arrêter, et elle se hâta vers la cuisine.

— Après toi, dit Tristan.

Sur le carton entre le garçon et lui s'élevait désormais un monticule de nourriture – du porc caramélisé, des crevettes, un assortiment de légumes, de la salade, et des petits pains chauds coupés en deux et tartinés de beurre fouetté.

— C'est plutôt bon, dit le petit.

— Plutôt ? C'est un festin, tu veux dire ! s'exclama

Tristan. Mange ! On aura besoin de forces pour aller chercher notre dessert.

Un semblant de sourire se dessina sur le visage du garçon, puis disparut aussitôt.

— Avec qui as-tu des ennuis ? voulut-il savoir.

Tristan mâchonna en silence un instant.

— Le traiteur, *monsieur** Pompideau. Je travaillais pour lui, mais j'ai renversé quelques petites choses par-ci par-là, et inondé quelques pantalons aussi.

Le garçon eut un nouveau sourire, plus franc cette fois.

— Celui de M. Lever ?

— J'aurais dû le viser ? demanda Tristan.

Le garçon hocha la tête, le visage épanoui à cette pensée.

— Bref, Pompideau a fini par me donner uniquement ce qui ne pouvait pas se renverser. Avant de me remercier. Tu te rends compte ?

— Tu sais ce que je lui dirais, si j'étais toi ?

Le froncement de sourcils avait disparu. Désormais, le garçon engloutissait la nourriture et parlait la bouche pleine. Il semblait aller cent fois mieux qu'un quart d'heure plus tôt.

— Quoi ?

— Je lui dirais : Vous pouvez vous les mettre dans l'oreille !

— Bonne idée ! s'exclama Tristan, avant de prendre une branche de céleri. Vous pouvez vous les mettre dans l'oreille, Pompideau, dit-il en joignant le geste à la parole.

Le garçon éclata de rire, puis ordonna :

— Vous pouvez vous les mettre dans l'autre oreille, Pompideau !

Tristan attrapa un autre morceau de céleri et s'exécuta.

— Dans les cheveux, Pompito ! cria le garçon, se laissant gagner par le jeu.

Tristan prit une poignée de salade coupée en lanières et la laissa tomber sur sa tête. Il se rendit compte trop tard qu'elle dégoulinait de vinaigrette.

Le petit, la tête renversée, riait à gorge déployée.

— Dans le nez, Pompitoto !

« Après tout, pourquoi pas ? » se dit Tristan.

Lui aussi avait eu huit ans, et il n'avait pas oublié combien les drôles de nez et les petites saletés à l'intérieur faisaient rire les enfants. Il chercha donc deux queues de crevettes et les enfonça dans ses narines en les laissant dépasser comme deux grandes palmes roses.

Le garçon riait tant qu'il en bascula de son carton.

— Dans les dents, Pompitoto ! ordonna-t-il néanmoins.

Deux olives noires remplirent leur mission. Tristan les fixa sur ses incisives.

— Dans les…

Tristan réajustait le céleri et les queues de crevettes et ne remarqua pas que l'entrebâillement de la porte s'était élargi. Il ne remarqua pas non plus que l'expression du garçon avait changé.

— Dans quoi, Pompitoto ?

C'est alors qu'il leva la tête.

Chapitre 3

Ivy était comme pétrifiée. Médusée, elle détailla Tristan, les branches de céleri dans ses oreilles, les lanières de salade sur sa tête, cette substance spongieuse et noire sur ses dents et – si difficile qu'il lui soit de croire que quelqu'un de plus de huit ans d'âge puisse avoir cette idée – les queues de crevettes qui sortaient de son nez.

Tristan avait l'air tout aussi paralysé qu'elle.

— Est-ce que je vais avoir des ennuis ? demanda Philip.

— Toi, je ne sais pas, mais moi, oui, lui répondit Tristan à mi-voix.

— Tu es censé manger avec nous, dit Ivy à son frère.

— Je mange ici, lui répondit Philip. Regarde, c'est un vrai festin.

Ivy baissa les yeux vers l'assortiment de nourriture empilé sur les assiettes qu'ils avaient placées entre eux et ses lèvres se retroussèrent en une moue de dégoût.

— S'il te plaît, Ivy, maman a dit qu'on pouvait inviter au mariage tous les amis qu'on voulait.

— Et tu lui as répondu que tu n'en avais aucun, tu te souviens ? Tu lui as assuré que tu n'en avais pas un seul à Stonehill.

— Maintenant, c'est différent.

Ivy tourna les yeux vers Tristan. Prudemment, lui garda les siens baissés, concentrés sur le céleri, les queues de crevettes et les olives noires aplaties qu'il alignait sur le carton en face de lui. Répugnant.

— *Mademoiselle** !

— C'est Pompitoto ! s'écria Philip. Ivy, s'il te plaît, ferme la porte !

Malgré elle, Ivy obtempéra ; Philip ne lui avait pas paru aussi heureux depuis des semaines. Puis elle pivota vivement sur ses talons et fit face au traiteur.

— Tout va bien, *mademoiselle** ?

— Oui, monsieur.

— En êtes-vous *très certaine** ?

— *Très**, répondit Ivy en prenant le bras de *monsieur** Pompideau pour l'éloigner du cellier.

— On vous réclame à la salle à manger, reprit *monsieur** Pompideau avec emphase. Ils veulent porter un toast. Tout le monde vous attend.

Ivy se hâta. Effectivement, tout le monde l'attendait et elle ne put éviter une entrée remarquée. Les joues rouges, elle s'empressa de traverser la pièce. Gregory l'attira à lui en riant. Puis il lui tendit une coupe de champagne.

Le toast fut porté par un ami d'Andrew. Qui parla, et parla.

— Hip hip hip, hourra ! purent enfin s'écrier les invités.

— Hip hip hip, hourra, petite sœur ! lança Gregory.

Il vida sa coupe d'un trait et la tendit pour une deuxième tournée.

Ivy, elle, se contenta d'une gorgée.

— À toi, petite sœur ! murmura alors Gregory d'une voix basse et suave, les yeux brûlant d'une lumière étrange.

Il fit tinter sa coupe contre la sienne et but de nouveau son champagne d'un trait.

Puis il se pressa contre Ivy au point de l'empêcher de respirer, et l'embrassa sauvagement sur la bouche.

Ivy était assise à son piano, les doigts sur les lèvres, le regard rivé sur les notes qu'elle avait commencé à déchiffrer cinq minutes plus tôt. Elle baissa la main et la laissa glisser mollement le long des touches jaunies. Tandis que de vagues ondes de musique légèrement fausses s'élevaient, elle s'humecta les lèvres avec la langue. Elles n'étaient pas contusionnées ; ce n'était qu'une sensation.

Il n'empêche, elle était heureuse que sa mère lui ait permis de rester seule avec Philip jusqu'à ce qu'Andrew et elle reviennent de leur voyage de noces. Passer six jours sans eux, avec Gregory, dans l'immense demeure perchée sur la colline lui avait paru insurmontable, et ce d'autant plus que Philip se montrait tout sauf coopératif.

Dans leur appartement exigu de Norwalk, très jeune,

il avait entouré son lit d'un mur de vieux rideaux pour s'isoler « des filles ». Or, depuis deux semaines, il suppliait Ivy de le laisser dormir dans sa chambre. La veille, elle lui avait permis d'y installer son sac de couchage. Elle s'était réveillée le matin, le lit envahi par Philip et leur chatte, Ella, tous deux allongés sur elle. Désormais, le mariage était passé, mais la journée avait été longue ; Ivy avait donc plus ou moins décidé d'accorder à Philip une deuxième nuit dans sa chambre.

Il était assis derrière elle, sur le tapis, où il avait placé ses cartes de joueurs de base-ball par ordre de préférence. Comme chaque fois, Ella avait choisi de s'étirer au beau milieu de son terrain en diamant. Le lanceur, placé en équilibre sur son ventre noir, se soulevait et s'abaissait au rythme de sa respiration. De temps à autre, une petite phrase échappait à Philip : « Vas-y, balle, vole jusqu'au champ centre », murmurait-il avant de faire effectuer le tour des bases à Don Mattingly pour qu'il marque un point.

« Je ne devrais pas le laisser veiller si tard », songea Ivy.

Cependant, elle-même n'arrivait pas à dormir et elle était heureuse de la compagnie de son frère. En outre, Philip avait ingurgité tant de plats divers et variés et tant de desserts – grâce à Tristan – qu'il risquait fort d'être malade pendant la nuit. Comme les draps propres, et la quasi-totalité des affaires, étaient déjà dans les cartons, mieux valait que Philip soit à ses côtés.

— Ivy, c'est décidé, dit soudain ce dernier. Je ne déménage pas.

— Pardon ?

Ivy pivota sur sa banquette de piano.

— Je reste ici, poursuivit Philip. Est-ce que toi et Ella voulez rester avec moi ?

— Et maman ?

— Elle peut être la mère de Gregory maintenant.

Ivy grimaça. Maggie s'épuisait à essayer de plaire à Gregory. C'était une femme chaleureuse et affectueuse de nature – mais elle en faisait trop, beaucoup trop. Elle ne se rendait absolument pas compte que Gregory la trouvait ridicule.

— Maman sera toujours notre mère, répondit-elle à Philip, et elle a besoin de nous.

— D'accord, acquiesça Philip en faisant preuve de bonne volonté. Tu la suis avec Ella. Et moi, je demanderai à Tristan de venir vivre avec moi.

— Tristan !

Philip hocha la tête, puis murmura à part lui : « Frappeur en première base. Les coureurs avancent. Le point est rentré. »

De toute évidence, son esprit de garçon de huit ans avait pris sa décision. Satisfait, il s'était remis à sa partie. Ivy était stupéfaite de constater à quel point le temps passé avec Tristan l'avait transformé.

Que lui avait dit Tristan pour qu'il retrouve ainsi sa bonne humeur ? Rien, peut-être, pensa Ivy. Au lieu de s'évertuer trois semaines durant à lui expliquer pourquoi leur mère se mariait, sans doute aurait-elle mieux fait de s'enfoncer des crevettes dans les narines.

— Philip, lança-t-elle abruptement.

Philip ne daigna lui répondre que lorsque le coureur fut revenu au marbre.

— Quoi ? répondit-il alors.

— Est-ce que Tristan t'a parlé de moi ?

— De toi ?

Philip réfléchit un instant.

— Non, décida-t-il enfin.

— Oh…

« De toute façon, ça m'est égal », se dit Ivy.

— Tu le connais ? lui demanda Philip.

— Non. Mais comme je t'ai trouvé avec lui dans le cellier, je suppose qu'il a dû se demander qui j'étais.

Philip fronça les sourcils.

— Oui, c'est vrai. Il a voulu savoir si ta robe rose était ton genre de robes préférées et, aussi, si tu croyais vraiment aux anges. Je lui ai parlé de ta collection.

— Qu'est-ce que tu lui as répondu pour les robes ?

— Oui.

— Oui ? s'exclama Ivy.

— Tu as affirmé à maman qu'elle était jolie.

En effet. Et leur mère l'avait crue. Alors pourquoi pas Philip ?

— Est-ce qu'il voulait continuer à travailler ce soir ?

— Ouais.

La manche était terminée. Philip mettait en place une nouvelle défense.

— Ah oui ? Et pourquoi ? demanda Ivy, exaspérée.

— Il a besoin d'argent pour une compétition de natation. C'est un nageur, Ivy. Il participe à des tournois dans d'autres États aussi. Et pour ça, il doit prendre l'avion. J'ai oublié où il va cette fois.

Ivy hocha la tête. Bien sûr. Tristan était « raide », tout simplement. Pourquoi s'était-elle laissé influencer par Suzanne ?

Soudain, Philip se leva.

— Ivy, ne me force pas à aller dans cette grande maison. Ne me force pas. Je ne veux pas manger avec lui !

Ivy l'attira à elle.

— On a toujours peur de ce qu'on ne connaît pas, le rassura-t-elle. Mais Andrew est gentil avec toi, depuis le début. Est-ce que tu te rappelles qui t'a acheté ta carte de collection sur Don Mattingly ?

— Je ne veux pas manger avec Gregory le soir.

Ivy resta sans voix.

Debout tout contre elle, Philip tendit un bras vers le vieux piano et fit courir ses doigts sur le clavier. Il avait pris cette habitude petit, lorsqu'il chantait les morceaux qu'il était censé jouer.

— J'ai envie d'un câlin, lui dit Ivy. Tu m'en donnes un ?

Philip obtempéra sans grand enthousiasme.

— Et si on jouait un quatre mains ?

Il haussa les épaules. Il le ferait, mais le bonheur qu'Ivy avait vu étinceler dans ses yeux lorsqu'il avait parlé de Tristan avait disparu.

Ils en étaient à peine à la cinquième mesure quand Philip frappa violemment le clavier. Il frappa, frappa, frappa encore.

— Je n'irai pas, je n'irai pas, je n'irai pas !

Puis il fondit en larmes. Ivy le serra fort contre elle et attendit. Bientôt, ses sanglots se transformèrent en quelques hoquets épuisés.

— Tu es fatigué, Philip. Juste fatigué, lui dit Ivy en sachant que la raison de ses pleurs était bien plus profonde.

Elle lui interpréta alors ses morceaux préférés, puis

ralentit le tempo du pot-pourri avec une suite de ber-
ceuses. Philip, blotti contre elle, s'assoupit.

— Viens, murmura Ivy en l'aidant à se lever de la
banquette.

Elle l'accompagna dans sa chambre, suivie d'Ella.

— Ivy...

— Oui ?

— Est-ce que je pourrais avoir un de tes anges ce
soir ?

— Bien sûr. Lequel ?

— Tony.

Tony était marron foncé, en bois sculpté, la figure
paternelle pour Ivy. Pendant que Philip entrait à quatre
pattes dans son sac de couchage, Ivy posa Tony près de
lui, à côté de la carte de Don Mattingly. Puis elle remonta
la fermeture Éclair sous le bras de son petit frère.

— Est-ce que tu veux dire une petite prière ? lui
demanda-t-elle.

Ensemble, ils entonnèrent :

— Ange de lumière, ange dans les cieux, prends soin
de moi ce soir, prends soin de tous ceux que j'aime.

— Tous ceux que j'aime, c'est toi, Ivy, souffla Philip.

Et il ferma les yeux.

Chapitre 4

Ivy passa la plus grande partie de la semaine qui suivit le mariage comme en suspension, les jours s'enchaînant les uns après les autres avec pour seul rythme la cadence de conversations déplaisantes avec Philip. Suzanne et Beth rirent de voir leur amie si distraite, mais plus gentiment qu'à l'accoutumée. Gregory la rencontra à une ou deux reprises dans le hall du lycée et lui dit en plaisantant qu'il s'efforçait de ranger sa chambre pour le vendredi suivant. Tristan, lui, ne croisa pas son chemin une seule fois – ou, du moins, Ivy ne le vit pas.

Maintenant, l'école entière était au courant de l'union entre Andrew et sa mère. La nouvelle avait été relayée par tous les journaux de la région, et jusque dans le *New York Times*. Ivy n'aurait pas dû s'en étonner, car Andrew était souvent cité par les médias ; ce qui lui semblait étrange, c'était d'y voir aussi des photos de sa mère, désormais.

Le vendredi matin finit par arriver et, lorsque Ivy quitta leur allée pour la dernière fois, elle fut soudain prise d'une vague de nostalgie pour chacun des appartements exigus, bruyants et délabrés que sa mère avait loués pour eux trois au cours des années. À son retour du lycée ce soir-là, elle s'engagerait sur une allée bien différente, une allée qui montait jusque sur la crête d'une colline en surplomb de la gare et de la rivière. Cette allée, bordée par un muret en pierre, passait entre des bosquets, des parterres de jonquilles et des buissons de lauriers. Les bosquets, jonquilles et lauriers d'Andrew.

Après ses cours, Ivy alla prendre Philip à l'école. Il avait rendu les armes et garda le silence pendant toute la durée du chemin. Ils montaient l'allée menant à leur nouvelle maison lorsque Ivy entendit dans la courbe au-dessus d'eux le vrombissement d'une moto qui arrivait à toute allure. Presque instantanément, le motard apparut. Ivy s'était déjà déportée vers la droite autant que possible. Mais la moto, elle, continua d'avancer droit sur eux. Ivy appuya à fond sur la pédale de frein. Au dernier moment, le motard les contourna en passant dangereusement près, puis reprit aussitôt de la vitesse.

Philip se retourna vivement, sans prononcer un seul mot. Ivy jeta un coup d'œil dans son rétroviseur. C'était certainement Eric Ghent. Ivy regretta que Gregory ne se soit pas trouvé avec lui.

Mais non, Gregory les attendait devant la maison, avec Andrew et Maggie, tout juste rentrés de leur voyage de noces. Maggie accueillit ses enfants avec une profusion de baisers colorés par son rouge à lèvres et d'embrassades baignées des effluves de son nouveau parfum.

Andrew prit les deux mains d'Ivy dans les siennes. Il eut assez de délicatesse pour se contenter de sourire à Philip, sans s'approcher de lui ni le toucher. Une fois ce protocole terminé, Gregory les prit en charge.

— C'est moi votre guide, leur annonça-t-il.

Il se pencha alors vers Philip et ajouta :

— Ne t'éloigne pas. Certaines des pièces sont hantées.

Philip tourna des yeux inquiets vers Ivy.

— Il plaisante, lui dit-elle.

— Pas du tout, répondit Gregory. Cette maison appartenait avant nous à une famille qui a eu plein de malheurs.

Philip regarda de nouveau sa sœur. Ivy le rassura d'un signe de tête.

De l'extérieur, la maison était une grande demeure à bardeaux blancs parsemés de lourds volets noirs. Des ailes avaient été ajoutées de chaque côté du bâtiment principal. Ivy espéra aussitôt qu'elle occuperait l'une des plus petites, aux toits pentus et percés de lucarnes.

À l'intérieur, Philip et elle découvrirent des pièces cathédrales et, à elles seules, aussi grandes que les appartements dans lesquels ils avaient vécu avec leur mère. Le hall central, très vaste et d'où partait un escalier monumental, séparait le salon, la bibliothèque et le solarium, de la salle à manger, de la cuisine et du séjour. Au fond de ce dernier se trouvait une galerie qui menait vers l'aile ouest où le bureau d'Andrew était installé.

Maggie et lui s'y entretenaient et la visite du rez-de-chaussée s'arrêta donc pour Ivy et Philip à l'entrée de la galerie, dans laquelle étaient suspendus trois portraits : Adam Baines, l'ancêtre de la famille qui avait investi dans les mines, l'air sévère dans son uniforme de la Première Guerre mondiale ; le juge Andy Baines, drapé dans sa toge de magistrat ; et Andrew, vêtu d'une robe académique aux couleurs vives. Il y avait un espace vide à côté.

— Je me demande bien qui on accrochera là, lança Gregory.

Il souriait, mais ses yeux gris aux paupières tombantes trahissaient un certain désarroi. Durant un instant, Ivy eut pitié de lui. Il était le seul fils d'Andrew et le devoir de la réussite devait peser lourd sur ses épaules.

— Toi, murmura Ivy.

Gregory la regarda et éclata de rire. D'un rire où résonnait l'amertume.

— Allez, on va visiter le haut, dit-il alors en prenant Ivy par la main et en la tirant vers l'escalier de service qui menait à sa chambre.

Philip les suivit en silence.

La chambre de Gregory était grande et n'avait qu'un point commun avec les chambres de tous les garçons du monde : les caleçons et les chaussettes sales entassés dans tous les coins. Sous cette strate qui aurait ravi les archéologues, le mobilier était coûteux et de bon goût : fauteuils en cuir noir et tablettes en verre fumé, bureau et ordinateur, vaste aire de jeux. Les murs étaient tapissés de reproductions de tableaux aux lignes géométriques saisissantes. Au centre de tout cela trônait un immense lit à eau.

— Essaie ! suggéra Gregory à Ivy.

Ivy se pencha et, d'un geste hésitant, fit remuer le matelas d'une main.

— De quoi est-ce que tu as peur ? s'esclaffa Gregory.

Vas-y, Phil, montre à ta sœur comment on fait. Mets-toi en boule et roule, fais-le tanguer !

« Phil ? Personne ne l'appelle comme ça », songea Ivy.

— Je ne veux pas, répondit alors Philip.

— Mais si, tu veux, insista Gregory, un sourire encore accroché aux lèvres, quoique d'une voix menaçante.

— Non, s'obstina Philip.

— C'est drôle ! reprit Gregory.

Là-dessus, il attrapa Philip par les épaules et le poussa rudement sur le lit.

Philip résista, trébucha, et finit par tomber sur le matelas. Aussitôt, comme un ressort, il se remit debout.

— J'ai pas envie ! s'écria-t-il.

Lorsque Ivy remarqua que la bouche de Gregory s'était transformée en une ligne dure, elle s'assit.

— Gregory a raison, c'est drôle ! lança-t-elle en sautant lentement de bas en haut. Viens essayer, Philip.

Mais Philip disparut dans le couloir.

— Tu peux t'allonger aussi, dit Gregory à Ivy d'une voix suave.

Dès qu'elle l'eut fait, il s'allongea à ses côtés.

— Je ferais mieux d'aller vider nos valises, déclara Ivy en se redressant rapidement.

Gregory leur fit prendre un passage bas de plafond qui, comme la galerie du rez-de-chaussée, permettait de circuler entre l'aile ouest et le bâtiment principal, où Philip et Ivy découvrirent qu'ils résideraient.

La chambre d'Ivy était fermée. Elle en ouvrit la porte doucement et, aussitôt, Philip se précipita à l'intérieur. Il avait déjà remarqué Ella, voluptueusement étirée sur le lit. « Oh non ! » gémit Ivy dans sa tête en jetant un coup d'œil rapide à la décoration élaborée de la pièce. Elle avait craint le pire lorsque sa mère l'avait prévenue qu'elle n'en croirait pas ses yeux. Elle avait eu raison. L'ensemble n'était que dentelle et bois blanc agrémenté de frises dorées, dont le centre était un lit à baldaquin.

— C'est du mobilier digne d'une princesse, marmonna-t-elle.

Gregory eut un large sourire.

— Il y aura au moins Ella pour l'apprécier, poursuivit Ivy. Elle s'est toujours prise pour une reine. Est-ce que tu aimes les chats, Gregory ?

— Bien sûr, répondit-il en allant s'asseoir à côté d'Ella.

La chatte se leva et alla se réfugier à l'autre bout du lit.

Gregory prit un air agacé.

— C'est bien ce que je disais, elle se prend pour une reine, dit Ivy d'un ton léger. Bien. Merci pour cette visite, Gregory. Je vais commencer à ranger mes affaires.

Mais Gregory s'allongea sur le lit et s'y étira.

— C'était ma chambre quand j'étais petit.

— Ah bon ?

Ivy sortit d'un sac une brassée de vêtements et tira vers elle une porte qu'elle pensait être celle d'un placard. Elle ouvrait sur un escalier.

— Et ça, c'était mon escalier secret, annonça Gregory.

Ivy tenta de percer l'obscurité.

— J'avais pris l'habitude de me cacher dans le grenier quand mon père et ma mère se disputaient. Autrement dit, tous les jours, ajouta Gregory. Est-ce que tu as déjà vu ma mère ? Certainement, elle passait son temps dans votre institut de beauté.

— Oui, sans doute, répondit Ivy, qui avait enfin trouvé un placard.

— C'est une femme formidable, n'est-ce pas ? lança Gregory d'un ton plein de sarcasme. Elle aime tout le monde. Elle ne pense jamais à elle.

— J'étais petite à l'époque où elle venait, glissa Ivy avec tact.

— J'étais petit aussi.

— Gregory... Ça fait un moment que je veux te le dire : je sais que ça doit être dur pour toi de voir ma mère s'installer là où la tienne vivait, de voir Philip et moi investir l'espace qui t'appartenait. Je ne te blâme pas...

— ... d'être heureux de ta présence ? l'interrompit-il. Je le suis. Je compte sur toi et sur Philip pour forcer mon vieux à bien se conduire. Il sait que tout le monde l'observe, lui et sa nouvelle famille. Maintenant, il va devoir jouer les gentils papas, les papas aimants... Attends, je vais t'aider.

Ivy avait pris la boîte dans laquelle elle avait rangé ses anges.

— Merci, ce n'est pas la peine. Vraiment, je peux me débrouiller toute seule.

Sans l'écouter, Gregory sortit un canif de sa poche et coupa le scotch.

— Qu'est-ce que tu as mis là-dedans ?

— Ses anges, annonça Philip.

— Mais c'est que ce garçon parle ! s'exclama Gregory.

Philip serra les lèvres.

— Bientôt, tu ne pourras plus le faire taire, plaisanta Ivy.

Elle ouvrit la boîte et entreprit de déballer les statuettes qu'elle avait enveloppées avec soin.

Tony fut le premier à apparaître. Suivit un autre ange sculpté dans une pierre grise tendre. Puis le préféré d'Ivy, son ange d'eau, une figurine fragile en porcelaine décorée d'une volute de peinture bleu-vert.

Gregory la regarda poser les quinze statuettes l'une après l'autre sur une étagère. Ses yeux pétillaient d'amusement.

— Tu n'y crois pas sérieusement, si ?

— Qu'est-ce que tu veux dire par « sérieusement » ?

Il s'empara de l'ange d'eau et, le bras tendu, le fit voler dans la pièce à toute vitesse.

— Pose-le ! s'écria Philip. C'est le préféré d'Ivy.

Gregory enfonça la statuette dans un coussin.

— Tu es méchant ! continua Philip.

— Il joue, c'est tout, Philip, le rassura Ivy tout en récupérant calmement son ange.

Gregory s'étira de nouveau sur le lit.

— Tu leur adresses des prières ?

— Oui. Aux anges, pas aux statuettes, lui expliqua-t-elle.

— Et quels miracles ces petits êtres ont-ils accompli pour toi ? Est-ce qu'ils ont capturé le cœur de Tristan ?

Ivy le regarda avec surprise.

— Non. Mais je n'en ai jamais fait le vœu.

Gregory eut un petit rire.

— Tu connais Tristan ? demanda Philip d'un ton intéressé.

— Depuis le CP, lui répondit Gregory en allongeant paresseusement le bras vers Ella.

Elle s'éloigna.

— C'était le plus sage de notre équipe à la Little League[1], ajouta Gregory en se redressant pour attraper la chatte.

Celle-ci se remit sur ses pattes et se réfugia vers l'autre bout du lit.

— C'était le plus sage de toutes les équipes, reprit Gregory en essayant à nouveau de saisir Ella.

La chatte cracha. Ivy remarqua que les joues de Gregory s'empourpraient.

— Ne le prends pas mal, Gregory, lui dit-elle. Laisse Ella tranquille pour l'instant. Les chats refusent souvent de se laisser attraper.

— Comme certaines filles que je connais, lança-t-il. Viens ici, fifille, murmura-t-il alors en tendant encore la main vers Ella.

La chatte souleva une patte noire, les griffes sorties.

— Laisse-la venir à toi, insista Ivy.

Mais Gregory saisit Ella par la peau du cou et la tira vers lui.

— Ne fais pas ça ! s'exclama Ivy.

Gregory passa son autre main sous le ventre de la chatte, qui le mordit furieusement au poignet.

— Hé ! cria-t-il.

Là-dessus, il jeta Ella à travers la pièce.

Philip se précipita vers elle, mais elle courait déjà vers Ivy, qui la prit dans ses bras. La petite bête balançait

---

1. Fédération de base-ball pour les enfants de cinq à dix-huit ans présente aux États-Unis et dans le monde. *(N.d.T.)*

la queue d'un côté et de l'autre ; elle était en furie plus qu'elle n'avait eu mal. Gregory la fixait, les joues toujours rouges de colère.

— J'ai trouvé Ella dans la rue, lui expliqua Ivy en s'efforçant de garder son calme. Ce n'était qu'une toute petite boule de poils. Elle était plaquée contre un mur en brique et elle essayait de se défendre contre un gros chat de gouttière couvert de blessures. C'est ce que j'essayais de te dire. On ne peut pas s'imposer avec elle. Elle ne fait pas facilement confiance.

— Tu devrais peut-être lui apprendre à le faire, lui rétorqua Gregory. Tu me fais bien confiance, toi, non ? ajouta-t-il alors, les sourcils levés, et affichant l'un de ses étranges sourires en coin.

Ivy posa Ella par terre. La chatte se carapata sous une chaise, d'où elle lança des regards noirs à Gregory. Lorsque des pas retentirent dans le couloir, elle fila sous le lit.

Andrew apparut dans l'encadrement de la porte.

— Tout va bien ? leur demanda-t-il.

— Oui, lui répondit Ivy.

— C'est nul, gronda Philip.

Andrew eut un battement de paupières, puis il hocha la tête gracieusement.

— En ce cas, nous allons devoir essayer d'arranger les choses. Est-ce que tu penses que c'est possible ?

Philip le fixa sans dire un mot.

Andrew se tourna alors vers Ivy.

— As-tu déjà ouvert cette porte ?

Ivy suivit son regard vers l'escalier secret que Gregory avait mentionné.

— L'interrupteur est à gauche, lui précisa Andrew.

Il voulait manifestement qu'elle aille visiter. Ivy ouvrit donc la porte et alluma. Philip, poussé par la curiosité, se glissa sous son bras et grimpa les marches quatre à quatre.

— Oh ! s'exclama-t-il depuis l'étage. Oh !

Ivy regarda rapidement Andrew. L'enthousiasme de Philip l'avait fait rougir de plaisir. Gregory, lui, avait les yeux rivés sur la fenêtre d'en face.

— Ivy, viens voir !

Ivy se hâta dans l'escalier. Elle s'attendait à trouver une pièce équipée d'une Nintendo, de Power Rangers, qui sait, d'un Don Mattingly grandeur nature. Elle y découvrit un piano demi-queue, une platine laser, un magnétophone, et deux meubles dans lesquels étaient classées ses partitions. Une pochette de disque à l'effigie d'Ella Fitzgerald avait été encadrée et accrochée au mur. Les vieux vinyles de la collection de jazz qui avait appartenu à son père étaient rangés près d'un électrophone en merisier.

— S'il manque quoi que ce soit... commença Andrew.

Il était apparu à ses côtés, le souffle court après avoir monté les marches, l'air plein d'espoir. Gregory, lui, s'était arrêté à mi-chemin dans l'escalier, d'où il les observait.

— Merci ! Merci ! s'exclama Ivy qui ne trouvait pas d'autres mots.

— C'est super, Ivy, décréta Philip.

— Et c'est pour tous les trois, lui répondit sa sœur, heureuse de voir qu'il en avait oublié de bouder.

Elle se tourna alors vers Gregory ; il avait disparu.

Le dîner ce soir-là parut interminable. Les cadeaux somptueux d'Andrew – le salon de musique pour Ivy et une salle de jeux complète pour Philip – étaient à la fois extrêmement réjouissants et embarrassants. Étant donné que Philip, rattrapé par sa mauvaise humeur, avait décidé qu'il ne dirait pas un mot de tout le repas – voire « plus jamais », avait-il annoncé à Ivy en faisant la moue –, il incomba à cette dernière d'exprimer leur gratitude commune à Andrew. Un exercice périlleux, surtout quand celui-ci lui demanda pour la seconde fois s'il pouvait faire quoi que ce soit d'autre pour elle ou pour Philip et qu'elle vit les mains de Gregory se crisper.

Au moment du dessert, Suzanne appela. Ivy se leva et commit l'erreur de prendre l'appel dans le grand hall. Suzanne escomptait une invitation pour le soir même. Ivy lui suggéra de repousser au lendemain.

— Mais je suis habillée ! se plaignit Suzanne.

— Je m'en doute, lui répondit Ivy, il n'est que sept heures et demie du soir.

— Je voulais dire habillée pour sortir.

— Oh, Suzanne, lui dit Ivy, feignant de ne pas comprendre, tu n'as pas besoin de te pomponner pour moi.

— Et Gregory, qu'est-ce qu'il fait ce soir ?

— Je ne sais pas. Je ne lui ai pas demandé.

— Eh bien, renseigne-toi ! lui ordonna Suzanne. Je veux que tu me dises son nom, son adresse, ce qu'elle porte et où ils vont. Si on ne la connaît pas, essaie de savoir à quoi elle ressemble. Je suis sûre qu'il est amoureux, gémit-elle. Ça ne peut être que ça !

Ivy n'en attendait pas moins de la part de Suzanne. Or elle était épuisée par les enfantillages de Philip et de

Gregory, et elle n'avait aucune envie d'écouter les jéré-miades de son amie.

— Je dois y aller, lui annonça-t-elle.

— J'en mourrai s'il sort avec Twinkie Hammonds. Tu penses que c'est elle ?

— Je n'en sais rien. Gregory ne m'en a pas parlé. Écoute, je dois vraiment y aller.

— Ivy, attends ! Tu ne m'as encore rien dit.

Ivy soupira.

— Je travaille demain et je prendrai ma pause déjeu-ner à la même heure que d'habitude. Appelle Beth ; on peut se retrouver au centre commercial si tu veux.

— D'accord, Ivy, mais...

— J'y vais, sinon je n'aurai jamais le temps de me cacher dans le coffre de la voiture de Gregory.

Elle raccrocha.

— Alors, comment va Suzanne ?

Gregory se tenait là, appuyé contre le chambranle de la porte de la salle à manger, la tête inclinée, un sourire aux lèvres.

— Bien.

— Qu'est-ce qu'elle fait ce soir ?

À ses yeux rieurs, Ivy comprit qu'il avait écouté leur conversation et que sa question était ironique, pas inté-ressée.

— Je ne lui ai pas demandé et elle ne me l'a pas dit. Mais si vous voulez en parler tous les deux...

Gregory s'esclaffa, puis tapota le bout du nez d'Ivy du doigt.

— Très drôle, dit-il. J'espère qu'on te gardera.

Chapitre 5

Pour Ivy, ce fut un soulagement de travailler le samedi matin, un soulagement de retourner sur un terrain familier. Le centre commercial, Greentree Mall, se trouvait dans une ville voisine, mais il attirait les lycéens de toute la région. La plupart y faisaient les magasins et avaient comme point de rencontre le coin des restaurants. La boutique Les Quatre Saisons, où Ivy travaillait depuis un an et demi, donnait directement sur cette zone de restauration.

Ce commerce appartenait à deux sœurs, dont la sélection de déguisements, articles de décoration, vaisselle jetable et bibelots en tout genre était aussi excentrique que leur façon de gérer leur affaire. Lillian et Betty retournaient rarement de la marchandise ; aussi, on aurait dit que toutes les saisons et les fêtes qui existaient dans une année s'étaient donné rendez-vous dans leur petit coin de monde. Des costumes de vampires

pendaient avec des bannières étoilées ; des cocottes de
Pâques étaient juchées à côté de ménorahs miniatures
en plastique, de dindes en pommes de pin et d'oreilles
à la Spock vendues lors de la dernière convention des
fans de *Star Trek*.

Peu avant une heure de l'après-midi, tout en attendant l'arrivée de Suzanne et Beth, Ivy jeta un coup d'œil
aux commandes spéciales du jour. Comme à l'accoutumée, elles étaient griffonnées sur des Post-it collés au
mur. Ivy en lut une, la relut, décolla le bout de papier.
Non, c'était impossible. Il avait un homonyme. Il existait deux garçons nommés Tristan Carruthers.

— Lillian, que veut dire « À prendre : Bal Bl gonf +
25 asv » ?

Lillian regarda le Post-it en plissant les yeux. Elle avait
des lunettes à double foyer, mais elle les laissait généra-
lement reposer sur sa poitrine au bout de leur cordon.

— Eh bien, vingt-cinq assiettes, serviettes et verres,
ça, tu le sais. Ah oui, c'est pour Tristan Carruthers, une
commande pour une fête organisée en l'honneur de
leur équipe de natation. Baleine bleue à gonfler. Je l'ai
déjà préparée. Il a appelé ce matin pour vérifier que tout
était bien prêt.

— Trist... M. Carruthers a appelé ?

Cette fois, Lillian chaussa ses lunettes et étudia Ivy
de près.

— M. Carruthers ?... Lui ne t'a pas appelée Mlle
Lyons, dit-elle.

— Il ne me connaît pas. Pourquoi m'appellerait-il
quoi que ce soit ? se demanda Ivy à voix haute. Pourquoi
avez-vous parlé de moi ?

— Il m'a demandé quels étaient tes horaires de travail. Je lui ai dit que tu prenais ta pause déjeuner entre une heure et une heure quarante-cinq, mais que, sinon, tu serais ici jusqu'à six heures.

Lillian sourit.

— Et j'ai glissé quelques mots en ta faveur, ma chérie.

— Quelques mots en ma faveur ?

— Je lui ai dit que tu étais charmante et que je trouvais honteux qu'une jeune fille comme toi n'arrive pas à rencontrer un beau jeune homme méritant.

Ivy tressaillit, mais Lillian avait ôté ses lunettes et ne le remarqua donc pas.

— Il est venu passer sa commande la semaine dernière, poursuivit Lillian. C'est un bon gosse.

— Un beau gosse, la reprit Ivy.

— Pardon ?

— Tristan est un beau gosse.

— Enfin, elle le reconnaît ! s'exclama Suzanne qui venait d'entrer à grands pas dans la boutique, Beth sur les talons. Bon travail, Lillian !

La vieille dame lui fit un clin d'œil. Ivy remit le Post-it au mur, puis vérifia dans ses poches qu'elle avait de l'argent.

— Ne pense même pas à manger, la prévint Suzanne. C'est l'heure de l'interrogatoire.

Vingt minutes plus tard, Beth finissait son burrito. Suzanne avait bien entamé son poulet teriyaki. Quant à Ivy, elle n'avait pas touché à sa pizza.

— Comment veux-tu que je le sache ? s'exclama-t-elle avec un geste d'agacement après une énième question de Suzanne. Il ne m'a pas montré son armoire de toilette !

Elles avaient passé et repassé en revue, examiné et contre-examiné chaque détail qu'Ivy avait retenu de la chambre de Gregory.

— Bon, c'est vrai qu'hier n'était que ta première nuit, admit Suzanne. Mais ce soir, peut-être. Il faut vraiment que tu te débrouilles pour savoir où il va. Est-ce qu'il a une heure limite pour rentrer ? Est-ce que…

Ivy prit un nem dans l'assiette de Suzanne et le lui enfonça dans la bouche.

— C'est au tour de Beth de parler.

— Ce n'est pas grave, dit Beth. Ce que vous dites est intéressant.

— Et si tu nous lisais une de tes nouvelles histoires ? dit Ivy en ouvrant la chemise en carton que son amie avait posée sur la table. Avant que Suzanne ne me rende totalement folle.

Beth glissa un regard furtif vers Suzanne, puis s'empara d'une liasse de feuilles avec empressement.

— Je vais utiliser celle-ci à mon cours de théâtre lundi. Depuis quelque temps, j'expérimente la technique du *in media res*. Ce qui signifie qu'on commence une intrigue au beau milieu de l'action.

Ivy hocha la tête d'un air encourageant et mordit enfin dans sa pizza.

— Elle serra le pistolet contre elle, commença Beth. Dur et bleu acier, froid et inflexible. Des photos de lui. Des photos fragiles et fanées – de lui, avec *elle* –, des photos déchirées, trempées de larmes, couvertes d'une croûte de sel, jonchaient le sol autour de sa chaise. Elle les laverait avec son propre sang…

— Beth, Beth, l'interrompit Suzanne. On est en train de manger. Tu n'aurais pas autre chose de plus léger ?

De bonne volonté, Beth feuilleta sa liasse de papiers, et reprit :

— Elle s'empara de sa main et la posa sur sa poitrine. Chaude, humide, tendre et souple…

— Sur sa poitrine à lui ou à elle ? l'interrompit Suzanne.

— Chut, lui dit Ivy.

— … une main capable de tenir son âme même, une main capable de soulever… une baleine, une baleine bleue en plastique, je pense. Qu'est-ce que ça pourrait être d'autre ?

Ivy se tourna vivement et dirigea son regard vers Les Quatre Saisons. Betty, un gros morceau de plastique bleu dans les bras, bavardait avec Tristan. Lillian, qui se tenait derrière lui à l'entrée de la boutique, s'évertuait à attirer l'attention d'Ivy. Cette dernière regarda sa montre. Il était une heure vingt-cinq, il lui restait presque la moitié de sa pause.

— Elle a besoin de toi, lui fit remarquer Beth.

Ivy fit non de la tête à Lillian, mais celle-ci continua de lui adresser des signes forcenés.

Suzanne encouragea Ivy.

— Vas-y, lui dit-elle.

— Non.

— Oh ! Ivy.

— Tu ne comprends pas. Il sait que c'est l'heure de ma pause. Il m'évite.

— Peut-être, reconnut Suzanne, mais je n'ai jamais laissé ce genre de détails m'arrêter.

Tristan s'était retourné et venait de remarquer les gestes de Lillian, dont les bras allaient et venaient comme ceux d'un ouvrier agitant un drapeau sur une autoroute. Il scruta la zone de restauration. Finalement, ses yeux tombèrent sur Ivy. Pendant ce temps, Betty avait réussi à accrocher la baleine gonflable sur la bonbonne d'hélium.

— Yo ! s'exclama Beth alors que le cétacé semblait prendre vie et grossissait comme un nuage d'orage bleu derrière Tristan et Lillian.

Bientôt, Betty détacha l'animal de la bonbonne, mais celui-ci s'envola vers le plafond. Tristan fut obligé de sauter pour le rattraper. Beth et Suzanne s'esclaffèrent. En signe de mécontentement, Lillian remua l'index à l'intention d'Ivy, puis reporta son attention sur Tristan.

— Je me demande ce qu'elle lui dit, s'interrogea Beth.

— Des paroles en ma faveur certainement, marmonna Ivy.

Quelques minutes plus tard, Tristan ressortit de la boutique chargé d'un sac que les deux sœurs avaient noué avec un joli ruban bleu. L'énorme baleine flottait dans son dos. Les yeux rivés droit devant lui, il se dirigea d'un pas déterminé vers la sortie.

Jusqu'à ce que Suzanne l'appelle. Enfin, braille son nom, plus précisément. Tristan ne pouvait décemment prétendre qu'il n'avait pas entendu. Il tourna la tête et, avec un air pour le moins sinistre, s'approcha des trois amies. Suivi de plusieurs bambins, tel le joueur de flûte de Hamelin.

— Suzanne, Beth, Ivy, lança-t-il froidement. Bonjour. Content de vous voir.

— Pareillement, lui répondit Suzanne avant de lever

les yeux vers le cétacé. Il est plutôt mignon. C'est qui ? Un nouveau membre de votre équipe de natation ?

Ivy remarqua que le poing de Tristan, fermé sur la ficelle à laquelle la baleine était accrochée, avait blanchi. Ses muscles tendus saillaient sur toute la longueur de son bras. Derrière lui, les enfants utilisaient la pauvre baleine comme punching-ball et sautaient tous à la fois, rivalisant à qui la frapperait le mieux.

— En fait, c'est un personnage que je vais ajouter à mon numéro. Tu en as vu une partie, dit-il en regardant Ivy, tu sais, celui où j'utilise des bâtonnets de carotte et des queues de crevettes ? Je dois me rendre à l'évidence : les gamins de huit ans me trouvent irrésistible. Sur ce, désolé, je dois y aller, ajouta-t-il en jetant un coup d'œil derrière lui.

— Oh, non ! s'écrièrent les enfants.

Il les laissa se défouler quelques secondes de plus, puis s'éloigna en se faufilant rapidement à travers la foule des familles venues faire leurs courses en ce samedi.

— Alors ça ! s'offusqua Suzanne. Alors ça !

Elle piqua Ivy du bout de sa baguette chinoise.

— Tu aurais pu lui parler ! lui reprocha-t-elle. C'est quoi ton problème ?

— Que voulais-tu que je lui dise ?

— Quelque chose ! N'importe quoi ! Mais assez pour lui faire comprendre qu'il avait le droit de s'adresser à toi.

La gorge d'Ivy se serra. Tristan avait certaines façons d'agir qu'elle ne s'expliquait pas. Sa présence la mettait mal à l'aise.

— On est toujours gêné au début, lui assura Beth

comme si elle avait lu dans ses pensées. Et puis, au fur et à mesure, on s'habitue à l'autre.

Suzanne se pencha vers Ivy.

— Ton problème, c'est que tu prends tout ça trop au sérieux. Les histoires d'amour, c'est un jeu, rien qu'un jeu.

Ivy soupira et regarda sa montre.

— J'ai encore dix minutes de pause. Beth, et si tu nous finissais ton histoire d'amour ?

Suzanne donna à Ivy une petite tape sur le bras.

— Il reste deux mois de cours. Et si tu commençais la tienne ?

Chapitre 6

Ivy se tenait pieds nus sur le sol moite, les orteils levés. L'humidité et la forte odeur de chlore de la piscine envahissaient les vestiaires. Les portes métalliques des casiers claquaient et les murs en parpaings faisaient résonner les bruits comme dans une grotte.

Tout dans ce lieu donnait la chair de poule à Ivy.

Les autres filles du groupe de théâtre, elles, semblaient parfaitement à l'aise : elles bavardaient, comparaient leurs maillots de bain respectifs, répétaient leurs textes, ricanaient.

Suzanne posa la main sur l'épaule d'Ivy.

— Ça va aller ?

— Je vais me débrouiller.

— Tu en es sûre ? insista Suzanne, loin d'être convaincue.

— Je maîtrise mes textes. Ça me permettra de me concentrer sur le plongeoir.

« Sur le haut plongeoir, continua Ivy dans sa tête, du côté du grand bassin et sur lequel il va falloir que je fasse des petits sauts sans tomber. »

Suzanne persista :

— Écoute, Ivy, je sais que tu es la préférée de McCardell, mais tu ne crois pas que ce serait une bonne idée de lui mentionner que tu ne sais pas nager et que tu as une peur panique de l'eau ?

— Je te dis que je vais me débrouiller, lui répliqua Ivy.

Là-dessus, et malgré ses jambes en coton, elle poussa vigoureusement le tourniquet qui menait aux bassins. Flanquée de Beth et de Suzanne, elle rejoignit les onze autres filles et les trois garçons du groupe qui étaient en rang le long de la piscine. Elle baissa des yeux fixes vers l'eau bleu-vert luminescente. « Ce n'est que de l'eau, se dit-elle intérieurement, rien d'autre qu'un liquide qu'on boit. Et puis, ce n'est même pas profond de ce côté-ci. »

Beth la poussa du bras.

— À mon avis, Suzanne est ravie. Tu as invité Gregory ?

— Gregory ? Bien sûr que non ! souffla Ivy en pivotant vers Suzanne.

Celle-ci haussa les épaules.

— Je voulais lui donner un avant-goût des spectacles à venir. Il y a plein d'endroits où se faire bronzer en haut de ta colline.

— Il faut reconnaître qu'on te remarque dans ce maillot de bain, commenta Beth.

Ivy fulminait. Suzanne savait à quel point l'exercice serait dur pour elle. Pourquoi ajouter Gregory à la difficulté ? Elle était incorrigible.

Sans compter que Gregory n'était pas seul dans les gradins. Ses amis Eric et Will l'avaient accompagné. En outre, des secondes et des terminales, censés se retrouver pour travailler sur des projets extrascolaires, avaient décidé de profiter d'un peu de temps libre pour se divertir. Tous ces garçons avaient les yeux rivés sur les filles du groupe.

La classe finit par s'ébranler autour du bassin en répétant ses exercices de diction.

— Je veux entendre chaque consonne, chaque *p*, chaque *d*, chaque *t*, leur lança M. McCardell, sa propre voix étonnamment distincte dans la chambre d'écho que constituait la piscine. Margaret, Courtney, Suzanne, on n'est pas à un défilé de mode, tonna-t-il. On s'échauffe, tout simplement.

Sa remarque provoqua quelques timides huées dans les gradins.

— Et pour l'amour du ciel, Sam, arrête de sauter !

Cette fois, les spectateurs rirent discrètement.

Lorsque les élèves eurent effectué plusieurs tours, ils se rassemblèrent au bord du bassin, au pied du grand plongeoir.

— Regardez-moi ! leur ordonna l'enseignant. C'est un cours d'énonciation et de concentration. Je n'admettrai pas qu'un seul d'entre vous se laisse distraire par les singes dans la galerie.

À ces mots, la quasi-totalité des têtes se tourna vers les gradins. La porte venait de s'ouvrir et d'autres spectateurs entraient, tous représentants de la gent masculine.

— Alors, on est prêts ? demanda M. McCardell.

Pour l'exercice, chaque élève avait dû apprendre un

texte de son choix, de vingt-cinq lignes, en prose ou en vers, sur le thème de l'amour ou de la mort – « les deux grands thèmes de la vie et sources de tous les drames », leur avait dit M. McCardell.

Ivy avait choisi de regrouper deux poèmes lyriques en anglais moderne naissant, l'un humoristique, l'autre triste. Elle se les récita intérieurement. Elle pensait les connaître par cœur, mais, lorsque le premier élève grimpa à la fine échelle métallique, tous les mots qu'elle avait appris s'effacèrent de son esprit. Son pouls s'accéléra comme si elle s'était elle-même trouvée sur les barreaux. Elle inspira profondément plusieurs fois.

— Ça va ? lui chuchota Beth.

— Dis-lui, Ivy ! l'encouragea Suzanne. Explique ce que tu ressens à M. McCardell.

— Je vais bien, s'obstina Ivy.

Les trois premiers élèves récitèrent leur texte mécaniquement, mais tous sautèrent sur la planche sans perdre l'équilibre. Puis Sam tomba. Ses bras faisant des moulinets comme un énorme et étrange oiseau, il percuta l'eau et s'y enfonça.

La gorge d'Ivy se serra.

M. McCardell venait d'appeler son nom.

Elle grimpa à l'échelle, lentement mais sûrement, barreau après barreau, le cœur battant la chamade. Ses bras étant plus forts que ses jambes flageolantes, elle s'en servit au mieux pour se hisser sur le plongeoir, où elle s'immobilisa. Sous elle, l'eau dansait en vaguelettes noires parsemées d'étincelles fluorescentes.

Ivy fixa son attention sur l'extrémité de la planche, comme elle avait appris à le faire sur la poutre en athlétisme, et avança de trois pas. Elle sentit la planche ployer sous son poids. Son estomac se souleva, mais elle continua de marcher.

— Tu peux commencer ! lui hurla M. McCardell.

Ivy prit son temps. Elle rassembla ses esprits pour tâcher de retrouver son texte et de convoquer les représentations visuelles que les deux poèmes avaient suscitées en elle lorsqu'elle les avait lus pour la première fois. Elle savait que, si elle essayait de les réciter mécaniquement, elle échouerait. Il fallait qu'elle les mette en scène, qu'elle se perde dans l'émotion des mots.

Les vers du poème humoristique lui apparurent soudain, accompagnés des images dont elle avait besoin : une mariée étincelante, des invités stupéfaits, et une douche de légumes s'en allant rouler par terre. Loin en contrebas, le public s'esclaffa en l'entendant déclamer ces premières phrases sur l'absurdité de l'amour. Tout en continuant de sautiller, elle parvint à trouver le rythme plus lent, plus triste, qui convenait au second poème :

Vent d'ouest, quand souffleras-tu,
Que puisse tomber l'averse ?
Seigneur, que n'était mon amour dans mes bras
Et moi dans mon lit une nouvelle fois !

Ivy fit encore deux bonds, puis s'arrêta. Peu à peu, le plongeoir se stabilisa. Tandis qu'elle reprenait son souffle, une salve d'applaudissements s'éleva. Elle avait réussi !

Lorsque les bravos se furent calmés, M. McCadell décréta :

— Pas mal.

Ce qui, venant de lui, était un véritable éloge.

— Merci, monsieur, répondit Ivy en se tournant pour repartir vers l'échelle.

Ses genoux, alors, flanchèrent. Elle se raidit, s'arrêta. Se força à ne pas regarder en bas.

Mais il fallait bien qu'elle voie où elle mettait les pieds. Elle respira profondément et reprit le mouvement.

— Ivy, ça va ? lui demanda M. McCardell.

— Elle a peur de l'eau, lâcha Suzanne. Et elle ne sait pas nager.

Ivy avait maintenant l'impression que la piscine oscillait sous elle, que ses bords s'estompaient. Elle tenta de se concentrer sur le tremplin. Sans succès. L'eau se ruait vers elle, prête à l'engloutir. Puis elle refluait, loin, loin. Ivy tanguait sur ses pieds. Un de ses genoux fléchit.

— Oh ! s'écrièrent les spectateurs à l'unisson.

Son autre genou céda à son tour et dérapa. Tel un chat craignant la chute, Ivy s'agrippa à la planche. Elle se balançait, la moitié du corps dans le vide.

— Il faut que quelqu'un aille l'aider ! s'écria Suzanne.

« Ange d'eau, pria Ivy en silence. Ange d'eau, ne m'abandonne pas. Tu m'as aidée une fois. S'il te plaît, ange… »

À cet instant, Ivy sentit la planche trembler sous ses bras.

« Laisse-toi aller, se dit-elle, les mains moites et glissantes. Fais confiance à ton ange. Il ne permettra pas que tu te noies. Ange d'eau… » pria-t-elle une nouvelle fois.

Cependant, ses bras ne voulaient pas lâcher prise. Le tremplin vibrait toujours. Les mains d'Ivy se desserraient petit à petit.

— Ivy.

Elle tourna la tête au son de cette voix et, ce faisant, s'égratigna le visage sur le plongeoir. Tristan se tenait debout à l'autre extrémité.

— Tout ira bien, Ivy.

Il s'avança. La planche en fibre de verre s'inclina.

— Arrête ! s'écria Ivy, en se cramponnant comme une folle. Ne la fais pas plier. S'il te plaît ! J'ai peur.

— Je peux t'aider. Fais-moi confiance.

Elle avait mal aux bras. La tête lui tournait, elle avait froid et sa peau la picotait. Sous elle, l'eau tourbillonnait à lui donner le vertige.

— Écoute-moi, Ivy. Tu ne vas pas pouvoir rester comme ça longtemps. Roule sur le côté. Roule, d'accord ? Pour ça, lâche la planche à droite. Vas-y. Je sais que tu peux y arriver.

Lentement, Ivy déplaça le poids de son corps. L'espace d'un instant, elle pensa qu'elle s'en irait rouler par-dessus l'autre bord. Son bras libéré s'agita frénétiquement.

— C'est parfait, parfait, lui dit Tristan.

Il avait raison. Elle disposait désormais d'une bonne prise, les deux mains posées bien à plat sur la planche.

— Maintenant, avance, doucement. Viens jusqu'à moi. Oui, comme ça.

Sa voix était calme et sûre.

— Quel est ton genou préféré ? lui demanda-t-il alors.

Elle leva vers lui un visage surpris.

— Ton genou d'appui, c'est le droit ou le gauche ?

Il souriait.

— Euh, le droit, je crois.

— En ce cas, soulève un peu ta main droite. Et remonte ton genou droit sous toi.

Ivy s'exécuta. Un moment plus tard, elle avait réussi le même mouvement avec l'autre jambe.

— Maintenant, viens.

Elle baissa les yeux vers le bassin d'eau mouvant.

— Viens vers moi, Ivy.

Deux mètres cinquante tout au plus les séparaient, mais Ivy eut l'impression qu'il lui restait des kilomètres à parcourir. Elle rampa néanmoins, lentement. Tristan s'était accroupi. Bientôt, ses deux mains la saisirent par les bras et la soulevèrent en même temps qu'il se redressait, lui. Puis, aussitôt, il la fit pivoter. Le corps d'Ivy se détendit.

— Bien, je suis derrière toi maintenant. On va y aller pas à pas. Je suis juste là.

Il entreprit de redescendre l'échelle.

« Pas à pas », se répéta Ivy. Si seulement ses jambes arrêtaient de trembler. C'est alors qu'elle sentit la main de Tristan se refermer doucement sur sa cheville, qu'il guida vers le premier barreau. Un instant plus tard, ils étaient tous deux revenus en bas.

Manifestement embarrassé, M. McCardell détourna les yeux.

— Merci, souffla Ivy à Tristan.

Puis elle se rua vers les vestiaires avant que lui ou les autres ne remarquent les larmes que la frayeur avait fait perler dans ses yeux.

L'après-midi, dans le parking, Suzanne tenta de persuader Ivy de passer chez elle.

— C'est gentil, mais je suis fatiguée, lui répondit Ivy.

Je crois qu'il vaut mieux que je rentre… chez moi, pour-suivit-elle d'un ton hésitant, tant il lui était étrange de parler de la demeure des Baines comme de la sienne.

— Et si on faisait un tour en voiture d'abord ? sug-géra Suzanne. Je connais un petit café qui fait d'excel-lents cappuccinos et où les autres ne vont jamais, enfin personne de notre école. On pourrait parler tranquil-lement.

— Je n'ai pas besoin de parler, Suzanne. Je vais bien. Vraiment. Par contre, si c'est juste pour passer du temps ensemble, tu n'as qu'à venir chez moi.

— Je doute que ce soit une bonne idée.

Ivy la regarda d'un air interrogateur.

— Tu parles comme si c'était toi qui t'étais retrouvée coincée sur le plongeoir.

— C'est le sentiment que j'ai, avoua Suzanne.

— Si je ne savais pas que c'était faux, je serais tentée de me dire que tu es tombée de l'échelle la tête la pre-mière sur le béton : je viens de t'inviter chez Gregory.

Suzanne jouait avec son rouge à lèvres, le faisant monter et redescendre dans son tube.

— Justement, finit-elle par répondre. Tu me connais, Ivy, je suis comme un chien de chasse à l'affût. Je ne peux pas m'en empêcher. S'il est là, je n'arriverai pas à me concentrer. Et pour l'instant, tu as besoin de mon attention.

— Mais je n'ai besoin de l'attention de personne ! D'accord, j'ai passé un mauvais quart d'heure en cours de théâtre et…

— Tu as été secourue.

— J'ai été secourue.

— Par Tristan.

— Par Tristan, et maintenant...

— Vous vivrez heureux jusqu'à la fin des temps, conclut Suzanne.

— Et maintenant, reprit Ivy, je vais rentrer chez moi, et si tu veux m'accompagner pour aboyer à la lune devant Gregory, tu es la bienvenue. Le spectacle sera divertissant pour tout le monde.

Un instant, Suzanne pesa le pour et le contre, puis écarta ses lèvres qu'elle venait de couvrir de rouge foncé.

— Est-ce que j'en ai sur les dents ?

— Si tu ne parlais pas tout le temps, tu n'aurais pas ce problème. Oui, tu en as sur celle-là, ajouta Ivy en approchant le doigt de la dent tachée.

Lorsqu'elles arrivèrent chez les Baines, la BMW de Gregory était garée dans l'allée.

— Apparemment, la chance est avec nous, déclara Ivy.

Mais à peine à l'intérieur, elle changea d'avis. La voix de sa mère, aiguë et fébrile, se mêlait à celle de Gregory, qui semblait lui répondre du tac au tac. Suzanne et Ivy échangèrent un regard inquiet et se dirigèrent à l'oreille jusqu'au bureau d'Andrew.

— Il y a un problème ? demanda Ivy en entrant dans la pièce.

— Oui, ce problème, lui rétorqua sa mère en pointant le doigt vers un siège recouvert de soie.

Sur l'arrière du dossier, l'étoffe était en lambeaux.

— Oh, non ! s'exclama Ivy. Que s'est-il passé ?

— Mon père avait peut-être besoin de se limer les ongles, suggéra Gregory.

— C'est la chaise préférée d'Andrew, fit observer Maggie.

Elle avait les joues d'un rose prononcé. Ses cheveux laqués s'échappaient de leur torsade en mèches désordonnées semblables à des brins d'herbe séchée.

— Et ce tissu n'est pas exactement bon marché, Ivy, ajouta-t-elle.

— Peut-être, maman, mais ce n'est pas moi qui ai fait ça !

— Fais voir tes ongles, lança Gregory.

Suzanne éclata de rire.

— Toi, non, mais Ella, si, reprit Maggie.

— Ella ? s'exclama Ivy en secouant la tête d'un air incrédule. C'est impossible ! Ella ne s'est jamais fait les griffes sur quoi que ce soit.

— Ella n'aime pas Andrew, intervint Philip, qui s'était tenu jusque-là silencieux, planté dans un coin de la pièce. Elle s'est vengée parce qu'elle n'aime pas Andrew.

Maggie pivota sur ses talons. Ivy attrapa sa mère par le poignet.

— Attends, lui murmura-t-elle.

Ivy examina le dossier de la chaise. Gregory l'imita. Il sembla à Ivy que les lambeaux étaient bien trop fins, la lacération bien trop méticuleuse, pour être l'œuvre de Philip. C'était donc sans doute Ella la coupable.

— Nous allons devoir la faire dégriffer, décida Maggie.

— Non !

— Ivy, cette maison renferme trop de meubles de valeur. Nous ne pouvons pas les laisser détruire. J'insiste. Ella va devoir se passer de ses griffes.

— Je ne le permettrai pas.

— Ce n'est qu'un chat.

— Et cette chaise n'est que du mobilier, lui rétorqua Ivy d'une voix froide et inflexible.

— C'est ça ou tu t'en débarrasses, lui répondit sa mère sur le même ton.

Ivy croisa les bras sur sa poitrine. Elle faisait cinq centimètres de plus que Maggie.

— Ivy...

Cette dernière vit les yeux de sa mère s'embuer. Depuis plusieurs mois, Maggie était émotive et finissait toujours par implorer.

— Ivy, nous sommes tous confrontés à une vie nouvelle, à des habitudes nouvelles, sanglota Maggie. Tu me l'as dit toi-même : malgré tout ce qui nous arrive de positif, nous ne sommes pas dans un conte de fées. Nous devons tous y mettre du nôtre pour que ça marche.

— Où est Ella ? demanda Ivy pour toute réponse.

— Dans ta chambre. J'ai fermé la porte du couloir et celle qui mène au salon de musique pour qu'elle ne puisse rien détruire d'autre.

Ivy se tourna vers Gregory.

— Tu veux bien servir à boire à Suzanne ?

— Bien sûr, lui dit-il.

Ivy monta dans sa chambre. Elle resta assise là, longtemps, à bercer Ella pelotonnée sur ses genoux, les yeux levés vers son ange d'eau.

— Ange d'eau, dis-moi ce que je dois faire, pria-t-elle. Mais ne me demande pas d'abandonner Ella. Je n'y arriverai pas !

Elle finit par y être contrainte, ne supportant plus de laisser Ella enfermée. Or elle ne pouvait pas non plus prendre le risque que sa petite guerrière des rues devienne une proie facile. Le jeudi suivant, le cœur brisé comme celui de Philip, elle afficha une offre d'adoption sur le panneau de l'école.

Le soir même, le téléphone sonna. Philip, qui faisait ses devoirs dans la chambre de sa sœur, décrocha. Le visage sombre, il tendit le combiné à Ivy :

— C'est un garçon. Il veut adopter Ella.

Les sourcils froncés, Ivy répondit :

— Allô ?

— Bonjour. Comment vas-tu ? lui demanda son interlocuteur.

— Bien, répliqua Ivy froidement.

Quelle importance sa santé avait-elle ? Elle ressentit une antipathie immédiate pour cet inconnu qui lui prendrait peut-être Ella.

— Euh… est-ce que tu as trouvé preneur pour ton chat ?

— Non.

— J'aimerais bien l'adopter.

Ivy ferma les yeux et serra les paupières. Elle ne voulait pas que Philip la voie pleurer. Elle aurait dû être heureuse et soulagée que quelqu'un accepte un chat adulte.

— Tu es toujours là ?

— Oui.

— Je m'en occuperai bien, je lui donnerai à manger, je la baignerai.

— Les chats n'aiment pas l'eau.

— J'apprendrai à m'en occuper. Je crois qu'elle se plaira ici. C'est confortable.

Ivy hocha la tête en silence.

— Allô ?

Elle tourna le dos à son frère.

— Écoute, murmura-t-elle dans l'émetteur. Ella compte beaucoup pour moi. Si ça ne te dérange pas, je t'amènerai Ella moi-même. Je veux voir ta maison et te parler en personne.

— Ça ne me dérange pas du tout ! s'exclama son interlocuteur avec joie. Je te donne mon adresse.

Ivy en prit note.

— Et comment t'appelles-tu ?

— Tristan.

Chapitre 7

— Pourtant, tu préfères les chiens, s'étonna Gary le vendredi après-midi. Tu les as toujours préférés.

— Oui, mais je crois que mes parents seront contents d'avoir un chat, lui répondit Tristan.

Il fit rapidement le tour du salon pour désencombrer les chaises qui étaient chargées d'objets divers et variés : journaux pédiatriques de sa mère, heures des services à la chapelle de l'hôpital et piles de prières photocopiées rapportées par son père, horaires de ses propres cours de natation, vieux numéros du magazine *Sports Illustrated* auquel il était abonné, sans oublier la barquette de poulet de la veille. Ses parents se demanderaient certainement pourquoi il avait pris le soin de tout ranger. En général, tous trois mangeaient et lisaient assis par terre.

Gary observa son ami les yeux plissés.

— Tu crois que tes parents seront contents ? Est-ce

que ce chat a une maladie ? Est-ce que ce chat a une religion ? Si ta mère le médecin ne peut pas le soigner et si ton père le pasteur ne peut pas prier pour lui et le guider...

— Chaque maison doit avoir un animal domestique, le coupa Tristan.

— Dans les maisons où il y a un chat, ce sont les maîtres qui sont les animaux domestiques. Je t'assure, Tristan, les chats sont indépendants. Ils sont pires que les filles. Si tu penses qu'Ivy peut te rendre fou... Attends une minute...

Gary pianotait sur la table du bout des doigts.

— J'ai vu une annonce à l'école.

— C'est bien, lui rétorqua Tristan en lui tendant son sac de sport. Tu m'as dit que tu devais rentrer de bonne heure chez toi aujourd'hui.

Gary laissa tomber son sac par terre. Il venait de comprendre.

— Et rater l'événement ? J'étais présent la dernière fois que tu t'es ridiculisé ; je ne vais pas me priver du plaisir d'assister au même spectacle chez toi !

Là-dessus, il s'allongea sur la moquette, devant la cheminée.

— Parce que ça te fait plaisir de me voir souffrir, c'est ça ? murmura Tristan.

Gary mit ses mains sous sa tête.

— Tristan, les copains et moi, ça fait trois ans qu'on te regarde cueillir toutes les filles. Non, pas trois ans, sept ans. Tu étais déjà un tombeur en CM2. Bien sûr que ça me fait plaisir !

Tristan grimaça, puis dirigea son attention vers une tache de café sur la moquette qui semblait avoir triplé de volume depuis qu'il l'avait remarquée. Il n'avait aucune idée de la façon de la nettoyer.

Il se demanda si Ivy trouverait sa vieille maison à charpente de bois petite, vétuste et incroyablement surchargée.

— Alors, c'est quoi ton idée ? reprit Gary. Une sortie si tu prends son chat ? Et peut-être une autre chaque semaine que tu le garderas ?

— Elle dit qu'elle y est très attachée.

Tristan sourit, assez content de lui.

— Je vais lui proposer un droit de visite.

Gary s'étrangla de rire.

— Et que se passera-t-il quand sa boule de poils ne lui manquera plus ?

— Alors c'est moi qui lui manquerai, répliqua Tristan d'un air confiant.

C'est alors que la sonnette retentit. Sa confiance s'évanouit.

— Vite, dis-moi, comment est-ce qu'on attrape un chat ?

— Offre-lui à boire.

— Je suis sérieux !

— Par la queue.

— Tu te fiches de moi.

— Oui.

La sonnette retentit à nouveau. Tristan s'empressa d'aller ouvrir. Était-ce son imagination ou Ivy rougit-elle un peu en le voyant ? Ses lèvres avaient incontestablement la couleur du vermeil. Ses cheveux étincelaient tel un halo doré et ses yeux verts étaient pareils aux mers chaudes des tropiques.

— J'ai apporté Ella, dit-elle.

— Ella ?

— Mon chat.

Il baissa les yeux et découvrit des monceaux d'affaires posées sur le perron.

— Oh, Ella ! Formidable. Parfait.

Pourquoi le mettait-elle toujours dans un état tel qu'il ne pouvait prononcer des phrases de plus d'un mot ?

— Tu es toujours intéressé, n'est-ce pas ? s'enquit Ivy, le front plissé par une petite ride d'inquiétude.

— Bien sûr qu'il est toujours intéressé, répondit Gary en apparaissant derrière Tristan.

Ivy entra et promena son regard dans la pièce, la cage du chat toujours à la main.

— Je m'appelle Gary. Je te vois souvent à l'école.

Ivy le salua d'un signe de tête et d'un sourire quelque peu distant.

— Tu étais au mariage, toi aussi, lui dit-elle.

— Exact. Avec Tristan. Mais, contrairement à lui, je ne me suis fait renvoyer qu'après le dessert.

Ivy sourit à nouveau, plus franchement cette fois.

— La litière d'Ella est dehors, reprit-elle cependant assez vite. Ainsi que quelques boîtes de pâtée. Je t'ai aussi apporté son panier et son coussin, mais elle ne les utilise jamais.

Tristan hocha la tête. Les cheveux d'Ivy s'étaient soulevés dans le courant d'air provoqué par la porte ouverte. Il voulait les toucher. Il voulait les repousser de sa joue et l'embrasser.

— Est-ce que cela te gênerait de partager ton lit ? lui demanda-t-elle.

Tristan cligna des yeux.

— Pardon ?

— Il adorerait ! lança Gary.

Tristan lui jeta un regard assassin.

— Parfait, répondit Ivy sans remarquer le clin d'œil de Gary. Ella a tendance à s'accaparer les oreillers, mais si tu la fais rouler sur le dos, elle ne se bat pas longtemps.

Gary éclata de rire, puis s'empressa d'aider Tristan à rentrer les affaires qu'Ivy avait apportées.

— Est-ce que tu as un chat ? lui demanda Ivy.

— Non, lui répondit Gary, mais ça va peut-être changer.

Il se pencha pour inspecter l'intérieur de la cage.

— Après tout, regarde comme Tristan s'est vite converti. Bonjour, Ella. Tu vas voir, on va bien s'amuser.

— Quel dommage que ce soit impossible maintenant, intervint Tristan. Gary était sur le point de partir, ajouta-t-il à l'adresse d'Ivy.

Gary se redressa avec une expression de surprise feinte.

— Ah bon ? Si vite ?

— Et ce n'est pas trop tôt, répliqua Tristan en tenant la porte ouverte.

— D'accord, d'accord. À plus tard, Ella. La prochaine fois, je t'emmènerai chasser les souris.

Une fois Gary sorti, le silence s'installa. Tristan ne trouvait rien à dire. Il avait bien préparé une liste de questions, mais elle avait atterri quelque part derrière le canapé, là où il avait tout jeté. De toute façon, Ivy ne semblait pas prête à faire la conversation. Elle ouvrit la grille et sortit Ella de sa cage.

La chatte avait un drôle de pelage, tout noir, en dehors

d'un pied et du bout de la queue blancs, et d'une tache de la même couleur sur la tête.

Ivy la prit dans ses bras et la caressa doucement entre les oreilles.

— Tout va bien, ma belle, lui murmura-t-elle.

Heureuse de l'attention de sa maîtresse, Ella regarda Tristan et cligna ses grands yeux verts.

« Je n'arrive pas à croire que je suis jaloux d'un chat », se dit Tristan.

Lorsque Ivy reposa Ella par terre, Tristan tendit la main vers elle. Ella lui lança un regard dédaigneux et s'éloigna.

— Il va falloir que tu la laisses s'habituer à toi, lui conseilla Ivy. Ignore-la, des jours, des semaines si nécessaire. Quand elle se sentira trop seule, elle viendra vers toi.

Tout en se demandant si Ivy le ferait jamais elle-même, Tristan prit un carnet.

— Je vais noter tes instructions pour la nourriture.

Ivy les avait tapées sur ordinateur.

— Voici son dossier médical, ajouta-t-elle, la liste des vaccins, les dates de rappels et les coordonnées du vétérinaire.

Visiblement, Ivy était pressée d'en terminer.

— Et enfin, ses jouets.

La voix d'Ivy se brisa.

— C'est difficile pour toi, n'est-ce pas ? lui dit Tristan tendrement.

— Voilà sa brosse ; elle adore être brossée.

— Mais pas lavée.

Ivy se mordit la lèvre.

— Tu ne t'es jamais occupé d'un chat, c'est ça ?

— J'apprendrai, c'est promis. Je m'occuperai bien d'elle, et elle de moi. Tu pourras lui rendre visite autant que tu le souhaites, Ivy. Ella reste ton chat. Je la partagerai avec toi, c'est tout. Donc, viens la voir quand tu veux.

— Non, rétorqua Ivy fermement.

— Non ?

Le cœur de Tristan s'arrêta net. Assis droit comme un *i*, entouré d'affaires pour chat, il se sentit comme terrassé par une crise cardiaque.

— Elle ne saurait plus qui est son maître, lui expliqua Ivy. Et je ne pense pas… je ne pense pas pouvoir le supporter.

Tristan mourait d'envie de la toucher, de prendre une de ses mains délicates dans les siennes, mais il n'osa pas. Aussi, en attendant qu'Ivy reprenne contenance, il feignit d'étudier la petite brosse rose.

Ella s'en approcha, la renifla, et poussa sa tête contre elle. Tristan la lui passa doucement sur le flanc.

— Ce qu'elle préfère, c'est la tête, lui dit Ivy en prenant sa main pour la guider. Comme ça, sous le menton. Sur les joues, c'est là que se trouvent les glandes odorantes, celles qu'elle utilise pour marquer ce qu'elle touche. Je crois qu'elle t'aime bien, Tristan.

Elle retira sa main. Tristan continua de brosser Ella. La chatte, soudain, roula sur le dos.

Ivy s'esclaffa.

— Alors toi, petite aguicheuse !

Tristan lui frotta le ventre. Son poil était somptueusement long et doux.

— Je me demande pourquoi les chats n'aiment pas

l'eau, dit-il d'un ton songeur. Si on en jetait un dans une piscine, il nagerait, non ?

— Tu n'as pas intérêt à essayer ! s'exclama Ivy.

Ella se remit sur ses pattes et fila se réfugier sous une chaise.

Tristan regarda Ivy avec surprise.

— Je n'ai jamais dit que je voulais essayer. Je posais juste la question.

Ivy baissa les yeux. Ses joues s'empourprèrent.

— Est-ce qu'on t'a poussée dans l'eau, Ivy ?

Elle ne répondit pas. Il insista :

— Comment se fait-il que tu en aies si peur ? lui demanda-t-il doucement. Il s'est passé quelque chose quand tu étais petite ?

Ivy garda les yeux baissés.

— Je te dois une fière chandelle, dit-elle enfin. Si tu ne m'avais pas aidée, je n'aurais jamais réussi à descendre de ce plongeoir.

— Tu ne me dois rien du tout. Je t'ai posé la question parce que j'essaie de comprendre. La natation, c'est ma vie. Alors j'ai du mal à m'imaginer qu'on puisse ne pas aimer l'eau.

— Je ne vois pas comment tu pourrais comprendre. Pour toi, l'eau, c'est comme le vent pour un oiseau. Elle te permet de voler. En tout cas, c'est l'impression que ça donne. C'est un sentiment que je ne peux pas partager.

— Qu'est-ce qui a provoqué ta peur ? persista Tristan. Qui l'a provoquée ?

Ivy réfléchit un instant.

— Je ne me souviens même pas de son nom. C'était un des amoureux de ma mère. Elle en a eu beaucoup, et certains étaient gentils. Lui, non. Il nous a emmenés à la piscine chez un de ses amis. J'avais quatre ans, je crois. Je ne savais pas nager et je ne voulais pas aller dans l'eau. Je suppose que je suis devenue pénible au bout d'un moment, à rester accrochée à maman.

La gorge serrée, elle leva la tête vers Tristan.

— Et ?… l'encouragea-t-il doucement.

— Maman est allée aider à préparer des sandwichs dans la maison, je crois. Lui m'a attrapée. Je savais ce qu'il allait me faire, alors je me suis mise à hurler et à lui donner des coups de pied, mais maman ne m'a pas entendue. Il m'a traînée jusqu'au bord de la piscine en répétant : « Voyons si elle va flotter… Voyons si le chat sait nager. » Puis il m'a soulevée à bout de bras et m'a lancée.

Tristan tressaillit comme s'il avait assisté à la scène.

— Je n'avais pas pied, poursuivit Ivy. Je me suis débattue, en m'aidant des jambes, des bras, mais je n'arrivais pas à garder la tête hors de l'eau. J'ai commencé à en avaler, à m'étouffer. Plus ça allait, moins je remontais à la surface pour reprendre mon souffle.

Tristan la fixait, incrédule.

— Et ce gars n'est pas venu te chercher ?

— Non.

Ivy se remit debout et fit les cent pas dans la pièce comme un chat nerveux. Un mouton de poussière accroché à ses moustaches, Ella aventura sa petite tête hors de la protection de la chaise.

— Je suis presque sûre qu'il était saoul, reprit Ivy. Au bout d'un moment, tout s'est troublé autour de moi. Puis tout est devenu noir. Mes bras et mes jambes étaient lourds, j'avais l'impression que ma poitrine allait éclater. J'ai prié. Pour la première fois de ma vie, j'ai envoyé une prière à mon ange gardien. Et là, je me suis sentie soulevée et soutenue hors de l'eau. Mes poumons ont cessé de me faire mal, ma vision s'est éclaircie. Je ne me souviens pas très bien de l'ange, excepté qu'il brillait, et qu'il était multicolore et très beau.

Ivy glissa un regard furtif vers Tristan, avant de lui adresser un grand sourire. Elle revint vers lui et s'assit à nouveau sur le sol, face à lui.

— Ne t'inquiète pas. Je ne m'attendais pas à ce que tu me croies. Personne ne le fait. On m'a dit que ma mère avait fini par sortir voir ce qui se passait et que, le temps que son amoureux se tourne vers elle pour lui répondre, j'avais rejoint le bord de la piscine. Ils en ont déduit que, si on jette un enfant à l'eau, il apprend à nager instinctivement.

Son visage se couvrit d'un voile de mélancolie. Elle était repartie dans ses souvenirs.

— J'aimerais croire à ton ange, dit Tristan. Désolé, ajouta-t-il en haussant les épaules.

Il avait déjà entendu de tels récits. Son père, parfois, leur en rapportait de l'hôpital. « Ainsi fonctionne l'esprit humain, pensa-t-il, il a besoin de se raccrocher à quelque chose dans les moments de crise. »

— Tu sais, quand je me suis retrouvée là-haut sur le plongeoir lundi, reprit Ivy, j'ai envoyé une prière à mon ange d'eau.

— Mais j'ai été le seul à venir, lui dit Tristan.

— C'était déjà bien, lui répondit-elle avec un petit rire.

— Ivy...

Il s'efforça de calmer le tremblement dans sa voix.

— Je pourrais t'apprendre à nager.

Ivy écarquilla les yeux.

— Après les cours. Mon entraîneur nous laisserait utiliser la piscine.

Ivy, immobile, le fixait.

— C'est formidable, Ivy. Est-ce que tu connais la sensation de flotter sur un lac, entourée d'arbres, un grand bol de ciel bleu au-dessus de toi ? On est allongé sur l'eau, le soleil étincelle au bout de nos doigts et de nos orteils. Est-ce que tu sais ce que ça fait de nager dans l'océan ? De nager de toutes tes forces et d'être soulevée par une vague ?

Sans se rendre compte de son geste, il posa ses mains sur les bras d'Ivy et mima le mouvement du corps sur la vague. Il sentit la peau d'Ivy se hérisser.

— Désolé, marmonna-t-il en la lâchant. Je suis désolé. Je me suis laissé emporter.

— Ce n'est pas grave, lui assura-t-elle.

Néanmoins, elle détourna les yeux.

Tristan se demanda de quoi elle avait eu le plus peur, de l'eau ou de lui.

« De moi, probablement », supposa-t-il sans trop savoir que faire de cette information.

— Je pourrais t'apprendre en inventant des jeux, reprit-il cependant. Comme je fais avec les gamins en colonie de vacances. Penses-y, d'accord ? ajouta-t-il d'un ton encourageant.

Ivy hocha la tête.

Manifestement, il la mettait mal à l'aise. Il aurait tant aimé pouvoir s'excuser de l'avoir heurtée dans le hall, d'avoir fait irruption au mariage de sa mère, de l'avoir appelée au sujet d'Ella. Il voulait lui promettre qu'il ne la dérangerait plus, dans l'espoir qu'elle se sente rassurée.

Elle lui parut soudain si perdue et si fatiguée qu'il trouva plus sage de ne pas insister.

— Je m'occuperai bien d'Ella, lui promit-il. Si tu as des remords et que tu veux la récupérer, appelle-moi. Et si tu finis par décider que tu souhaites lui rendre visite malgré tout, je vous laisserai seules. D'accord ?

Ivy le regarda d'un air interdit.

— Bon, dit-il en se levant. Le mardi et le jeudi, c'est moi le cuisinier ici. Je ferais mieux de m'y mettre.

— Qu'est-ce que tu vas préparer ? lui demanda Ivy.

— Des morceaux de foie en sauce... Ah non, pardon, ça, c'est la boîte d'Ella !

Sa plaisanterie était médiocre, mais Ivy lui sourit.

— Tu peux rester jouer avec elle aussi longtemps que tu veux, lui dit-il.

— Merci.

Il se dirigea vers la cuisine pour leur donner un peu d'intimité. Cependant, il n'avait fait que quelques pas lorsqu'il entendit Ivy murmurer : « Au revoir, Ella. » Une poignée de secondes plus tard, la porte d'entrée se refermait derrière elle.

Lorsque Ivy sortit des vestiaires, Tristan était déjà dans l'eau. L'entraîneur lui avait donné l'autorisation d'utiliser la piscine en dehors des horaires d'ouverture. En arrivant, Ivy avait eu peur que l'homme au visage long et plissé comme un raisin sec ne la regarde bouche bée avant de s'exclamer : « Tu ne sais pas nager ? » Or il s'était révélé aimable et très discret. Il l'avait saluée, puis s'était retiré dans son bureau.

Ivy avait mis une semaine à prendre sa décision. Elle en avait rêvé toutes les nuits. Lorsqu'elle avait enfin appris à Tristan qu'elle acceptait son offre, le visage de ce dernier s'était éclairé. Mais Ivy était quasi certaine d'avoir découragé toute velléité romantique qu'il aurait pu avoir ; d'après Suzanne, il voyait deux autres filles. Il n'en restait pas moins qu'il souhaitait manifestement lui offrir son amitié. Il l'avait aidée à descendre de ce plongeoir, avait adopté Ella, s'apprêtait à lui permettre de surmonter sa phobie : il était là quand elle avait besoin de lui, comme aucun autre garçon ne l'avait jamais été, comme un véritable ami le serait.

Elle le regarda faire ses longueurs. Par mouvements vifs et puissants, il fendait l'eau qui le soulevait et ruisselait en même temps le long de son corps musclé. Lorsqu'il opta pour la nage papillon et qu'il déploya ses bras comme des ailes, Ivy eut l'impression d'admirer un tableau musical, fort, rythmé, gracieux.

Elle l'observa quelques minutes de plus. Puis, se rappelant la raison de sa présence, elle s'approcha du petit bassin et fixa l'eau. Elle s'assit ensuite sur le rebord et plongea ses jambes dans le liquide bleu. Il était chaud. Apaisant. Pourtant, Ivy avait plus froid que jamais. Elle serra les dents et se laissa glisser. L'eau lui arrivait aux aisselles. Mais aussitôt, son esprit se l'imagina qui montait centimètre par centimètre jusqu'à son cou, jusqu'à sa bouche. Elle ferma les yeux, agrippa le rebord, et s'efforça de refouler la terreur qui l'envahissait.

« Ange d'eau, pria-t-elle, ne m'abandonne pas. Je te fais confiance. Je m'en remets à toi. »

Tristan s'arrêta de nager près d'elle.

— Tu es là, dit-il. Tu es dans l'eau.

Il avait l'air si heureux que, l'espace d'un instant, un instant fugitif, Ivy en oublia sa peur.

— Comment te sens-tu ? lui demanda Tristan.

— Bien. Ça ne te dérange pas si je reste ici à frissonner ?

— Tu te réchaufferas si tu bouges.

Ivy baissa les yeux vers l'eau d'un air effrayé.

— Allons marcher, lui suggéra Tristan.

Il la prit par la main et la guida le long du bord, comme s'ils s'étaient promenés dans une rue piétonnière.

— Est-ce que ça t'intéresserait de savoir qu'Ella a semé la zizanie dans ma maison ?

— Bien sûr, répondit Ivy. Est-ce qu'elle aurait trouvé la barquette de poulet coincée dans votre meuble télé ?

Tristan la regarda, interloqué, puis se ressaisit :

— Oui, juste après avoir plongé dans la pile d'affaires que j'avais cachées derrière le canapé.

Il continua de lui parler, lui raconta plusieurs anecdotes sur Ella, tout en la faisant marcher d'un côté à l'autre du petit bassin.

Lorsqu'ils s'arrêtèrent enfin, il lui dit :

— Maintenant, ce serait bien que tu te mouilles le visage.

Ivy avait redouté ce moment.

Tristan prit de l'eau dans ses mains en coupe et la laissa couler doucement sur le front et les joues d'Ivy, comme s'il avait lavé un bébé.

— Je fais ça sous ma douche, lui fit remarquer Ivy d'un ton soudain mordant.

— Mes excuses, madame l'experte. Je passe à l'étape suivante dans ce cas.

Il lui sourit.

— Respire profondément. Je veux que tu me regardes là-dessous. Le chlore te piquera un peu, mais je veux voir tes grands yeux verts s'ouvrir et des bulles sortir de tes narines. On inspire à l'air libre et on souffle sous l'eau. Compris ? Un, deux, trois !

Il l'entraîna avec lui. Plusieurs fois, ils descendirent et remontèrent comme des bouchons ballottés au gré des flots et, chaque fois, Tristan maintint Ivy un peu plus longtemps sous l'eau, où il lui faisait des grimaces pour la distraire.

Au bout d'un moment, elle s'échappa vers la surface en toussotant.

— Si tu ne peux même pas appliquer des règles toutes simples… commença Tristan.

— Tu me fais rire ! l'interrompit Ivy. Ce n'est pas juste !

— D'accord, alors soyons sérieux. Plus ou moins.

Il lui montra comment souffler en nageant et, pour cela, lui conseilla de penser que l'eau était un oreiller sur lequel on tourne la tête naturellement pour respirer. Ivy s'entraîna, agrippée au rebord de la piscine. Après quelques expirations, Tristan lui prit les mains et la tira vers le milieu du bassin. Instinctivement, elle battit des pieds pour les maintenir à la surface. Puis elle fut tentée de redresser la tête pour le regarder. Elle s'y risqua une fois et découvrit qu'il l'observait, le sourire aux lèvres.

Ils travaillèrent les battements de pieds quelques instants de plus. Après les avoir perfectionnés le corps tourné sur le côté, Tristan proposa de jouer au train : il demanda à Ivy de continuer son mouvement accrochée à ses chevilles, tandis que lui avançait en nageant. Ivy fut stupéfaite de constater qu'il pouvait la tirer avec tant d'aisance à la seule force de ses bras.

— Est-ce que tu veux te reposer sur le rebord de la piscine un moment ? lui proposa-t-il enfin.

— Non, lui répondit-elle. Si je sors, je risque de ne plus vouloir revenir.

— Tu as du cran.

Elle rit.

— J'ai de l'eau jusqu'aux épaules à peine et tu appelles ça du cran ?

— Ouais.

Il nagea en cercle autour d'elle.

— Ivy, on a tous une peur ou une autre. Mais tu fais partie des rares personnes prêtes à vaincre la leur. Remarque, j'ai toujours su que tu étais du genre courageux. Dès le premier jour où je t'ai vue. Tu as traversé la cafétéria au pas de charge et la *cheerleader* avait du mal à te suivre, alors que c'était elle qui devait te guider.

— J'avais faim. Et puis, je voulais me donner une contenance.

— Tu as fait ton petit effet.

Ivy lui adressa un sourire, qu'il lui retourna, ses yeux noisette étincelant sous ses cils étoilés de gouttes d'eau.

— Bon, reprit-il, tu as envie d'essayer sur le dos ?

— Non, mais j'essaierai quand même.

— Tu vas voir, c'est simple.

Tristan bascula en arrière et se laissa flotter, l'air totalement détendu.

— Est-ce que tu comprends ce que je fais ?

« Ce que je comprends, c'est que tu es incroyablement séduisant », songea Ivy, avant de rendre grâce à ses anges de ne pas permettre à Tristan de lire dans ses pensées comme Beth.

— Je soulève les hanches, je cambre le dos, et je laisse tout le reste se décontracter. À toi.

Ivy fit un essai, et coula. Son ancienne peur ressurgit.

— Tu étais assise, lui fit remarquer Tristan. Tout l'arrière s'enfonçait. Recommence.

Alors qu'elle se remettait en position, il glissa un bras sous elle.

— Doucement, lui recommanda-t-il. Ne résiste pas. Dos cambré. Voilà.

Il retira son bras.

Aussitôt, Ivy redressa la tête, et sombra une deuxième fois. Elle se remit debout, furieuse. Ses cheveux mouillés s'étaient échappés de l'élastique qui retenait sa queue-de-cheval et retombèrent lourdement sur son cou.

Tristan s'esclaffa.

— À mon avis, Ella aurait la même allure que toi toute mouillée.

— Un gamin y arriverait, pourquoi pas moi ?

— Les enfants savent faire beaucoup de choses, lui répondit-il, parce que les enfants ont confiance. Le secret pour réussir à nager, c'est de ne pas combattre l'eau. Mais de la suivre. De jouer avec elle. De te donner à elle.

Il aspergea Ivy.

— On reprend ?

Ivy commença à s'allonger. De nouveau, elle sentit le bras de Tristan sous elle. Puis, de la main droite, il la poussa doucement au menton pour lui renverser la tête. L'eau clapotait sur ses tempes. Ivy ferma les paupières et s'abandonna. Elle s'imagina au centre d'un lac, le soleil étincelant au bout de ses doigts et de ses orteils.

Lorsqu'elle rouvrit les yeux, Tristan la regardait. Son visage ressemblait au soleil, la réchauffait, illuminait l'air environnant.

— Je flotte, murmura-t-elle.

— Oui, tu flottes, souffla-t-il, en se baissant vers elle.

Leurs lèvres avaient prononcé le même mot, leurs visages étaient de plus en plus près…

— Tristan !

Tristan se redressa d'un coup, et Ivy coula à pic.

C'était l'entraîneur, qui l'appelait depuis la porte de son bureau.

— Désolé de vous chasser, lança-t-il, mais je vais devoir partir dans une dizaine de minutes.

— Entendu ! lui répondit Tristan.

— Je resterai plus longtemps demain, poursuivit l'entraîneur en s'avançant de quelques pas. Vous pourrez peut-être reprendre là où vous vous êtes arrêtés.

Tristan regarda Ivy. Elle haussa les épaules, la tête inclinée, le regard baissé.

— Peut-être, dit Tristan à l'entraîneur.

Chapitre 8

Cet après-midi-là, Ivy fit un détour pour rentrer chez elle. Elle emprunta une route qui partait vers le sud depuis le centre de Stonehill, puis suivit un dédale de rues ombragées bordées de maisons assez récentes. Elle conduisit longtemps, réticente à tourner sur l'allée qui la mènerait sur la crête. Elle avait trop de choses en tête. Pourquoi Tristan s'occupait-il d'elle ? L'avait-il prise en pitié ? Désirait-il être son ami ? Cherchait-il plus qu'une amitié ?

Toutefois, son envie de s'attarder au volant n'était pas due qu'à ces questions. Ivy voulait s'accorder le luxe du souvenir : celui de Tristan surgissant de l'eau, des gouttelettes miroitantes glissant sur sa peau ; celui de son toucher, doux, si doux.

Une fois rentrée, elle serait obligée de composer avec sa mère, qui lui raconterait certainement le dernier épisode de snobisme auquel elle aurait été confrontée ; qui lui parlerait des hauts et des bas de Philip en CE2 ; qui trouverait encore le moyen de se confondre en remerciements pour tout ce qu'Andrew lui donnait ; et qui marcherait sur des œufs en présence de Gregory.

Ivy laissa donc son esprit repartir vers la piscine, où, au ralenti, elle revit Tristan nager en cercle autour d'elle. Elle repensa à la sensation de ses mains sous son dos, à la douceur avec laquelle il avait lentement incliné sa tête en arrière. Ivy trembla de plaisir, et d'une légère peur aussi.

« S'il vous plaît, mes anges, ne m'abandonnez pas ! » pria-t-elle.

C'était différent d'une toquade. C'était quelque chose qui pouvait emporter comme une crue toute autre pensée et tout autre sentiment.

« Je devrais peut-être annuler, avant de perdre pied, songea Ivy. Je l'appellerai ce soir. »

Mais alors lui revint le souvenir du moment où il l'avait tirée dans l'eau, le visage plein de rire et de lumière.

Ivy ne remarqua pas la voiture qui arrivait. Perdue dans ses pensées, ne répondant qu'à ce qui se trouvait directement devant elle, elle ne vit qu'au dernier moment que le véhicule de couleur sombre n'avait pas marqué le stop. Elle et l'autre conducteur firent crisser les pneus de leurs voitures, qui partirent en tête-à-queue pour se retrouver presque l'une contre l'autre, l'espace d'une seconde, avant de se séparer à nouveau.

Celle d'Ivy s'immobilisa au milieu de l'intersection. Ivy expira lentement.

Mais l'autre conducteur était déjà sorti de son véhicule et agressa Ivy d'une salve d'insultes. Sans le regarder,

Ivy remonta sa vitre et vérifia que sa voiture était bien verrouillée.

Soudain, les hurlements se turent. Ivy tourna un regard froid dans la direction de l'inconnu.

— Gregory !

Elle baissa sa vitre.

Hormis le rouge qui colorait de colère ses pommettes, il était blême. Il la dévisagea, puis, l'air surpris, pivota sur ses talons pour observer l'intersection, comme s'il prenait enfin et seulement conscience de l'endroit où il se trouvait et de ce qui s'était produit.

— Tu vas bien ? lui demanda Ivy.

— Oui... oui. Et toi ?

— Je reprends mon souffle.

— Je suis désolé. J'ai dû avoir un moment d'inattention. Et puis, je n'avais pas vu que c'était toi.

Bien qu'il se soit calmé, il restait visiblement perturbé.

— Ce n'est pas grave, le rassura Ivy. J'étais ailleurs aussi.

Gregory remarqua la serviette mouillée posée sur le siège à côté d'elle.

— Et qu'est-ce que tu venais faire par ici ?

Ivy se demanda s'il avait établi le lien entre la serviette mouillée et Tristan. Elle n'avait prévenu personne, même pas Beth et Suzanne, qu'elle prendrait des cours avec lui. De toute façon, Gregory s'en désintéresserait totalement.

— J'avais besoin de réfléchir, lui répondit-elle donc. Je sais que ça a l'air fou, étant donné tout l'espace qu'on a dans la maison, mais je...

— Tu avais besoin d'un espace à toi. Je connais ce sentiment. Tu rentrais ?

— Oui.

— Alors, on y va. Mais reste derrière moi, tu y seras plus en sécurité, ajouta-t-il avec un sourire forcé.

— Tu es sûr que ça va ? insista Ivy.

Ses yeux restaient tourmentés.

Il hocha la tête et repartit vers sa voiture.

Ils arrivèrent sur la crête au même moment qu'Andrew, qui se gara dans l'allée derrière eux.

Andrew salua Ivy, puis se tourna vers Gregory.

— Comment va ta mère ? lui demanda-t-il.

Gregory haussa les épaules.

— Comme d'habitude.

— Je suis content que tu sois allé lui rendre visite aujourd'hui.

— Je lui ai transmis tes bons vœux et tes meilleurs sentiments, lui répondit Gregory d'un air et d'un ton impénétrables.

Andrew hocha la tête et, ce faisant, remarqua par terre une boîte de craies de couleur renversée. Il se pencha pour regarder ce qui, naguère, était encore du béton blanc et propre devant son garage.

— Des nouvelles, sinon ? reprit-il. Y a-t-il quelque chose que je devrais savoir ?

Comme il étudiait les dessins de Philip, il ne prêta pas attention à la pause marquée par Gregory et ne vit pas non plus l'émotion qui passa sur son visage. Deux détails qui n'échappèrent pas à Ivy.

— Rien de neuf, finit par lui répondre Gregory.

— Bien.

Ivy attendit que la porte se referme derrière Andrew.

— Est-ce que tu veux parler ? demanda-t-elle.

Gregory pivota sur ses talons. Il avait oublié sa présence.

— Parler de quoi ?

Ivy hésita, puis se risqua :

— Tu viens de dire à Andrew que tout allait bien du côté de ta mère, mais à voir ton expression, au carrefour tout à l'heure et juste maintenant, je me suis dit que peut-être…

Gregory jouait fébrilement avec ses clés.

— Tu as raison. Il y a un souci. Qui provoquera peut-être bientôt des ennuis.

— Avec ta mère ?

— Je ne peux pas en parler. Écoute, j'apprécie ta sollicitude, mais je peux me débrouiller seul. Si tu veux vraiment m'aider, ne dis rien à personne, d'accord ? Ne mentionne même pas notre petite rencontre. Promets-le-moi, lui dit-il en plongeant son regard dans celui d'Ivy.

— Je te le promets.

Elle haussa les épaules.

— Si tu changes d'avis, tu sais où me trouver.

— Au milieu d'un carrefour ? ironisa-t-il en lui adressant un de ses sourires en coin.

Puis il rentra.

Avant de le suivre, Ivy s'arrêta pour étudier l'œuvre d'art sur béton réalisée par Philip. Elle y distingua la couleur vive d'aigue-marine de son ange d'eau, la silhouette de Tony en traits marron appuyés. Après un moment, elle identifia les Power Rangers. Quant aux dragons que Philip avait l'habitude de dessiner, ils étaient faciles à trouver : en général, les flammes qu'ils soufflaient laissaient à penser qu'ils avaient avalé une cuve entière d'essence à briquet, sans compter qu'ils se battaient toujours contre les Power Rangers et les anges. Tiens, qu'est-ce que c'était que ça ? Une tête ronde, surmontée de drôles d'épis et flanquée de deux oreilles d'où sortaient des bâtonnets orange.

Un nom était griffonné à côté : Tristan.

Ivy s'accroupit, attrapa un morceau de craie noire et dessina deux dents-olives. Désormais, ce portrait ressemblait vraiment au garçon assez gentil pour amuser un enfant de huit ans alors qu'il passait une très mauvaise journée. Ivy se souvint de l'expression de Tristan lorsqu'elle avait ouvert la porte du cellier en grand. Elle en rit à gorge déployée.

Annuler maintenant ? Elle plaisantait ?

Tristan était certain d'avoir fait peur à Ivy, mais elle revint et, dès cette deuxième leçon, il se montra très prudent. Il resta à bonne distance ; il se comporta en vrai professionnel ; et il continua à sortir avec cette fille dont il avait oublié le nom, et cette autre aussi. Cependant, de jour en jour, il lui devint de plus en plus difficile de rester seul avec Ivy, si près d'elle, sans qu'elle lui adresse ce signe qu'il espérait tant, quel qu'il soit, mais qui lui aurait enfin révélé qu'elle voulait davantage que des cours de natation et une amitié.

— Les dés sont jetés, Ella, dit-il à la petite chatte après deux semaines de cours frustrantes. Je ne l'intéresse pas et je ne supporte plus cette situation. Je vais lui demander de s'inscrire à la YMCA.

Ella se mit à ronronner.

— Ensuite, je me trouverai un monastère qui a une équipe de natation.

Le lendemain, Tristan décida de ne pas se mettre en maillot de bain. Il prit une brochure de la YMCA à la réception de la piscine et s'approcha de l'eau.

Ivy n'était pas là. Il se disait qu'elle avait sans doute oublié l'heure du cours lorsqu'il remarqua sa serviette et sa pince à cheveux posées sur le rebord du grand bassin.

— Ivy !

Il s'élança, la chercha. Ivy était étendue, immobile, au fond de trois mètres soixante d'eau.

— Oh, mon Dieu !

Sans réfléchir, il plongea et força, força, pour descendre jusqu'à elle. Il l'empoigna et amorça aussitôt la remontée, puis la traîna en surface jusqu'au bord. Il eut du mal, car elle était revenue à elle et elle se débattait. Sans compter que le poids de ses propres vêtements lui rendait la tâche encore plus difficile. Il parvint malgré tout à la déposer sur le sol, avant de s'y hisser à son tour à la force des bras.

— Mais qu'est-ce que... lança Ivy.

Elle ne toussait pas, ne crachotait pas, n'était pas à bout de souffle. Elle le regardait simplement, fixement. Puis ses yeux allèrent de sa chemise trempée à ses chaussettes affaissées en passant par son jean collé à ses jambes. Tristan la dévisagea un instant, puis jeta ses chaussures gorgées d'eau aussi loin qu'il le put, loin au milieu des rangées de gradins.

— Mais qu'est-ce que tu fais ? lui demanda-t-elle.

— Je veux savoir ce que, toi, tu faisais ! lui rétorqua-t-il.

Elle ouvrit la main pour lui montrer un *penny* couleur bronze qui y brillait.

— Je voulais ramasser cette pièce, lui dit-elle.

Tristan sentit la colère monter en lui.

— La première règle en natation, Ivy, c'est de ne jamais, jamais, nager seul !

— Il le fallait, Tristan. Je voulais voir si je pouvais vaincre ma peur sans toi, sans mon... mon garde du corps à côté de moi. Et j'ai réussi. J'ai réussi !

Son visage s'illumina d'un sourire éblouissant. Ses cheveux retombaient sur ses épaules. Ses yeux souriaient dans les siens, de la couleur d'une mer émeraude sous un soleil étincelant.

Puis elle cligna des paupières.

— Est-ce que c'est pour ça que tu as plongé ? Pour me sauver, comme un garde du corps, comme un héros l'aurait fait ?

— Non, Ivy, lui répondit-il calmement. Non, je voulais juste me prouver encore une fois que j'étais un héros pour tout le monde sauf pour toi.

Là-dessus, il se redressa et se détourna.

— Attends ! lança Ivy.

Mais Tristan pivotait déjà sur ses talons.

— Une minute ! s'écria-t-elle alors en s'accrochant à sa jambe. Attends.

Il essaya de se dégager. Elle tint bon.

— C'est ça que tu souhaitais, que je te dise que tu es un héros ?

Il grimaça d'embarras.

— Sans doute que non. Je suppose que je pensais obtenir ce que je veux vraiment. Ça n'a pas marché.

— Mais qu'est-ce que tu veux ?

Quel intérêt y avait-il désormais à répondre à cette question ?

— Mettre des vêtements secs, lui répondit-il. J'ai un survêtement aux vestiaires.

— D'accord.

Elle relâcha son emprise. Mais avant qu'il ne se remette à marcher, elle lui attrapa la main. Elle la retint dans la sienne un moment, puis déposa un baiser sur le bout de ses doigts.

Elle leva rapidement les yeux vers lui, haussa les épaules imperceptiblement, puis desserra son étreinte. Tristan alors entrelaça ses doigts dans les siens. Après un instant d'hésitation, elle appuya sa tête contre le dos de sa main.

Le sentait-elle ? Sentait-elle comme son cœur battait lorsqu'elle effleurait sa peau ? Il s'agenouilla. Il prit son autre main dans la sienne, embrassa à son tour le bout de ses doigts, puis abandonna sa joue dans la paume de sa main.

Elle leva son visage vers lui.

— Ivy, souffla-t-il.

Son souffle était comme un baiser.

— Ivy.

Le baiser devint réalité.

Chapitre 9

— Il m'a battu ! lança Tristan. Philip a gagné deux manches sur trois !

Ivy laissa reposer ses mains sur les touches du piano et tourna la tête vers Tristan en riant.

Voilà une semaine qu'ils avaient échangé leur première et vibrante étreinte. Chaque nuit depuis cet instant, Ivy s'était endormie en rêvant de leur baiser, et de ceux qui viendraient.

Elle n'en revenait pas. Elle réagissait au moindre contact avec lui, au plus doux frôlement de sa peau. Chaque fois qu'il prononçait son nom, sa réponse lui venait du plus profond de son être. Pourtant, il était si simple et si naturel de passer du temps en sa compagnie. À le voir étendu de tout son long sur le sol de sa salle de musique, où il jouait aux dames avec Philip, Ivy eut à nouveau l'impression que Tristan faisait partie de sa vie depuis des années.

— Je n'arrive pas à croire qu'il ait gagné deux manches sur trois ! répéta Tristan.

— Presque trois sur trois, triompha Philip.

— Ça t'apprendra à vouloir te mesurer à Ginger, plaisanta Ivy.

Tristan baissa la tête vers la figurine qui restait seule sur l'échiquier. C'était le pion fétiche de Philip.

L'ange en porcelaine de huit centimètres de haut avait appartenu à Ivy, mais un jour – Philip était alors en maternelle –, il avait décidé de l'embellir. Du vernis à ongles rose givre sur la robe et une couche de paillettes dorées sur les cheveux lui avaient donné une allure toute différente. Ivy la lui avait donc cédée.

— Ginger est très intelligente, expliqua Philip à Tristan.

Ce dernier jeta un coup d'œil dubitatif vers Ivy.

— Philip te laissera peut-être l'emprunter la prochaine fois pour que tu gagnes, lança Ivy avec un sourire.

Puis elle se tourna vers son frère.

— Il est tard, non ?

— Pourquoi est-ce que tu dis toujours ça ? s'irrita Philip.

Tristan eut un large sourire.

— Parce qu'elle essaie de se débarrasser de toi. Viens. On va lire deux histoires comme l'autre soir, et ensuite, extinction des feux.

Tous deux descendirent l'escalier pour rejoindre la chambre de Philip. Ivy resta en haut et entreprit de feuilleter ses partitions à la recherche de mélodies que Tristan pourrait apprécier. Il écoutait du hard-rock, ce qui était difficile à jouer sur un piano. Il ne savait rien de Beethoven ni de Bach. Pour lui, la musique classique, c'étaient les comédies musicales collectionnées par ses parents. Ivy passa donc en revue plusieurs morceaux tirés de *Carrousel*, puis mit la vieille partition de côté.

Toute la soirée, la musique avait coulé dans ses veines telle une rivière argentée. Elle éteignit les lumières et se lança, de mémoire, dans la *Sonate au clair de lune* de Beethoven.

Elle en était à la moitié lorsque Tristan remonta. Les mains d'Ivy hésitèrent et le flot de musique resta en suspens l'espace d'un bref instant.

— Ne t'arrête pas, lui dit-il doucement en venant se placer derrière elle.

Ivy finit son morceau. Après le dernier accord, ils restèrent là, sans parler, sans bouger. La lueur de la lune miroitait sur les touches du clavier et les notes s'attardèrent, comme la musique, dans le silence, sait parfois si bien le faire.

Ivy appuya son dos contre Tristan.

— Tu veux danser ? lui demanda-t-il.

Elle rit, mais il la souleva et l'entraîna tout autour de la pièce. Elle posa sa tête sur son épaule et s'abandonna à l'étreinte rassurante de ses bras. Le rythme de leur danse ralentit, ralentit encore. Ivy souhaita que, jamais, Tristan ne disparaisse.

— Comment fais-tu ? murmura-t-il. Comment fais-tu pour danser et jouer du piano en même temps ?

— En même temps ? s'étonna-t-elle.

— Ce n'est pas toi qui joues cet air que j'entends ?

Ivy releva la tête.

— Tristan, franchement, tu pourrais…

— ... mieux faire, je sais. Mais au moins, tu me regardes.

Et il lui déroba un long et tendre baiser.

— N'oublie pas de dire à Tristan de passer au magasin un de ces jours, dit Lillian. Betty et moi serions heureuses de le revoir. Nous adorons les bons gosses.

— Les beaux gosses, Lillian, la reprit Ivy en souriant. Tristan est un beau gosse.

« Mon beau gosse », songea-t-elle. Puis elle souleva une boîte emballée dans du papier kraft.

— C'est tout ce qu'il y a à livrer ?

— Oui, merci, ma chérie. Je sais que ça te fait faire un détour.

— Ce n'est pas très loin, la rassura Ivy en se dirigeant vers la sortie.

— N'oublie pas, 528 Willow Street ! lança Betty depuis l'arrière-boutique.

— 530, souffla Lillian.

« Avec un peu de chance, je trouverai le bon destinataire », se dit Ivy en quittant Les Quatre Saisons. Elle jeta un coup d'œil à sa montre. Elle n'aurait pas le temps de voir ses amies.

Suzanne et Beth l'attendaient dans le coin des restaurants.

— Tu as vingt minutes de retard, protesta Suzanne.

— Oui, ça arrive parfois, lui répondit Ivy. Vous m'accompagnez jusqu'à la voiture ? Je dois aller livrer ce paquet et rentrer tout de suite après à la maison.

— Tu as entendu ? s'exclama Suzanne en regardant Beth. Elle doit rentrer tout de suite après à la maison, pour un anniversaire, dit-elle. Elle prétend que c'est pour fêter les neuf ans de Philip.

— C'est le 28 mai aujourd'hui. Tu sais bien que c'est la date de son anniversaire, Suzanne.

— À moins que ça ne devienne le jour où ils se mariè-rent secrètement sur la crête d'une colline.

Ivy roula les yeux et Beth éclata de rire. Suzanne n'avait toujours pas pardonné à Ivy de leur avoir caché qu'elle prenait des cours de natation.

— Est-ce que Tristan vient ce soir ? demanda Beth alors qu'elles quittaient le centre commercial.

— Oui, c'est un des deux invités de Philip, lui répon-dit Ivy. Il sera assis à côté de lui, pas à côté de moi, et jouera toute la soirée avec lui, pas avec moi. Tristan le lui a promis. C'est le seul marché qu'on ait trouvé pour qu'il abandonne l'idée de venir avec nous au bal de fin d'année. Où est-ce que vous êtes garées ?

Suzanne avait oublié et Beth n'y avait pas prêté atten-tion. Ivy les prit donc dans sa voiture et fit plusieurs fois le tour du parking. Pendant que Beth s'efforçait de retrouver le véhicule de Suzanne, cette dernière pro-digua à Ivy ses conseils en matière d'amour et d'habil-lement. Elle passa tout en revue : comment répondre au téléphone ; comment éviter de se rendre trop dis-ponible ; et comment, dure tâche, se vêtir simplement. Elle lui offrait ainsi sa panoplie de bonnes idées depuis trois semaines.

— Suzanne, je trouve que tu compliques beaucoup les choses avec toutes tes cachotteries et tes manigances, finit par lui dire Ivy. Sortir avec quelqu'un, c'est beau-coup plus simple que ça.

« C'est incroyablement simple », songea-t-elle. Que

Tristan et elle se reposent ou fassent leurs devoirs ensemble, qu'ils soient assis l'un à côté de l'autre en silence, ou qu'ils veuillent parler tous les deux au même moment, ce qui arrivait souvent, en sa compagnie le temps s'écoulait avec une étonnante simplicité.

— C'est le bon, voilà tout, avait décrété Beth d'un air entendu.

Il n'y avait qu'un domaine dans lequel Tristan ne comprenait pas Ivy. Celui des anges.

— Tu n'as pas eu une vie facile, lui avait-il dit un soir.

Le soir du bal de fin d'année, ou plus précisément le lendemain matin, avant l'aube. Ils marchaient pieds nus dans l'herbe derrière la maison, vers l'extrémité de la falaise. À l'ouest, un croissant de lune était accroché dans le ciel comme une décoration d'arbre de Noël. Il y avait une étoile. Et, loin en contrebas, un train roulait sur sa voie argentée qui serpentait à travers la vallée.

— Tu as subi tellement d'épreuves que je ne peux pas te reprocher de croire, avait-il poursuivi.

— Tu ne peux pas me reprocher de croire ? Me reprocher ? Comment ça ?

Elle connaissait la réponse. Pour Tristan, un ange était comme un joli nounours, un objet avec lequel un enfant pouvait se réconforter.

— Il m'est impossible de croire, Ivy. Je possède tout ce dont j'ai besoin et tout ce que je veux, ici, sur Terre. Juste là, dans mes bras, lui avait-il soufflé en la serrant fort.

— Moi, non, lui avait-elle répondu.

Bien que le jour ne soit pas encore levé, Ivy avait perçu la douleur cuisante dans ses yeux. Ils s'étaient disputés.

Pour la première fois, Ivy avait compris que plus on aime, plus on fait souffrir. Pire encore, on souffre pour l'autre autant que pour soi-même.

Après son départ, elle avait pleuré toute la matinée. L'après-midi, elle l'avait appelé, appelé encore, sans succès. Mais le soir, il était revenu, les bras chargés de quinze roses lavande. Une pour chaque ange, lui avait-il confié.

— Ivy ! Ivy, est-ce que tu as entendu ce que je t'ai dit ?

L'exaspération dans la voix de Suzanne tira Ivy de sa rêverie.

— Moi qui pensais que si on te trouvait un amoureux, tu redescendrais sur Terre, reprit Suzanne, je me suis bien trompée. Tu es toujours autant dans les nuages. Avec tes anges !

— On ne lui a pas trouvé son amoureux, déclara Beth calmement, mais fermement. Ils se sont trouvés tout seuls. La voiture est là, Ivy. Passez une bonne soirée. On ferait bien de se dépêcher, l'orage arrive.

Beth et Suzanne descendirent rapidement de voiture et Ivy vérifia l'heure à sa montre. Maintenant, elle était vraiment en retard. Elle rejoignit au plus vite la bretelle d'accès et s'engagea sur l'autoroute. Lorsqu'elle passa par-dessus la rivière, elle remarqua que les nuages noirs montaient à toute allure dans le ciel.

La maison où elle devait livrer le colis se trouvait dans la partie sud de la ville, dans les quartiers récents. Là où elle s'était promenée au hasard après sa première leçon de natation. Décidément, chacune de ses activités l'amenait à penser à Tristan.

Elle pensa tant à lui qu'elle se perdit et finit par tourner en rond. Les nuages continuaient de s'amonceler. Le tonnerre s'était mis à gronder. Les arbres s'agitaient et retournaient leurs feuilles, projetant une lueur vert-jaune inquiétante sur le ciel de plomb. Le vent se leva en rafales. Les branches se mirent à fouetter l'air, et les fleurs et les feuilles naissantes s'arrachèrent trop tôt de leurs rameaux. Ivy se pencha sur son volant, pressée de localiser la maison avant que la tempête ne fasse rage.

Elle eut toutes les peines du monde à trouver la bonne rue. Elle pensait être sur Willow mais, à une intersection, le double panneau lui indiqua qu'elle roulait sur Fernway, dans laquelle Willow débouchait. Étonnée, Ivy descendit de sa voiture pour vérifier que le panneau n'avait pas été tourné – un jeu très prisé des garçons dans cette ville. C'est alors qu'elle entendit le vrombissement d'un moteur. Un motocycliste apparut dans un virage un peu plus haut. Ivy mit un pied sur la chaussée pour le héler. La Harley Davidson ralentit, puis accéléra de nouveau et passa devant elle sans s'arrêter.

Ivy se résigna. Elle allait devoir faire confiance à son instinct. Les maisons étaient toutes juchées en haut de pelouses pentues. Lillian lui avait indiqué que celle de Mme Abromaitis était perchée sur une colline et qu'on l'atteignait par une volée de marches en pierre bordées de pots de fleurs.

Ivy passa un virage. Le vent secouait la voiture maintenant. Au-dessus, des nuages noirs comme de l'encre engloutissaient le ciel délavé.

Soudain, Ivy freina, descendit avec le colis, prête à affronter les éléments. Les deux maisons devant lesquelles elle s'était garée étaient toutes deux précédées par un escalier en pierre bordé de pots de fleurs. Ivy en prit un au hasard. À peine s'y était-elle engagée qu'un pot se renversa et se brisa derrière elle. Ivy poussa un cri, avant de rire de sa réaction.

Parvenue à la dernière marche, elle observa les numéros affichés : 528 et 530. Une voiture était garée derrière la première maison, cachée par des buissons ; il y avait donc probablement quelqu'un. C'est alors qu'elle remarqua une silhouette à la fenêtre. Sans pouvoir déterminer si c'était un homme ou une femme, et si on lui faisait signe ou non, Ivy pensa que la personne l'attendait. Sa forme floue se fondait dans le collage formé par les branches agitées des arbres qui se reflétaient dans la vitre à la lueur des éclairs. Ivy s'avança. La silhouette s'effaça. Au même moment, le perron du 530 s'alluma. La porte moustiquaire s'ouvrit en grand et s'en alla claquer contre le mur sous l'effet du vent.

— Ivy ? Ivy ? appela une voix de femme.

Avec un immense soupir de soulagement, Ivy s'élança vers l'autre maison, remit son colis, fit demi-tour et se rua vers sa voiture. Les cieux s'ouvrirent alors et déversèrent leurs trombes d'eau sur la terre. Tant pis, ce ne serait pas la première fois que Tristan la verrait trempée jusqu'aux os.

Ivy, Gregory et Andrew rentrèrent tard, et Maggie n'était pas contente. Philip, en revanche, n'y prêta même pas attention. Lui, Tristan et son nouveau camarade d'école Sammy étaient installés devant un jeu vidéo, l'un des nombreux cadeaux qu'Andrew lui avait déjà offerts pour son anniversaire.

Tristan leva les yeux vers Ivy, toute ruisselante.

— Je suis content de t'avoir appris à nager, lui dit-il avant de se lever pour venir l'embrasser.

L'eau tombait goutte à goutte à ses pieds sur le parquet.

— Attention, je vais te mouiller, lui dit-elle.

Il l'enlaça.

— Je finirai par sécher, lui murmura-t-il. Et puis, ça me fait rire de dégoûter Philip.

— Beuh… lança celui-ci comme s'il lui répondait.

— Yeurk… renchérit Sammy.

Ivy et Tristan, toujours dans les bras l'un de l'autre, se regardèrent en riant. Puis Ivy monta dans sa chambre pour se changer et se sécher les cheveux. Elle se mit du rouge à lèvres, seule marque de maquillage nécessaire, car elle avait déjà les yeux pétillants et les joues roses. Elle chercha une paire de boucles d'oreilles dans sa boîte à bijoux, puis se hâta de descendre. Elle arriva juste à temps pour voir Philip déballer ses derniers paquets.

— Elle porte ses oreilles de paon ce soir, dit Philip tandis qu'Ivy s'asseyait à table en face de lui.

— Zut, lança Tristan, j'ai oublié de mettre mes bâtonnets de carotte.

— Et tes queues de crevettes, répondit Philip en pouffant de rire.

Ivy se demanda qui, d'elle ou de son frère, était le plus heureux en cet instant. Elle savait que la vie ne paraissait plus aussi belle à Gregory. Il avait eu une rude semaine ; il lui avait confié qu'il s'inquiétait encore beaucoup pour sa mère, sans toutefois lui dire pourquoi. Depuis quelque temps, son père et lui se parlaient peu. Maggie s'efforçait de lier conversation avec lui, mais finissait toujours par renoncer.

Ivy se tourna vers Gregory.

— Les billets pour le match des Yankees sont une idée formidable. Philip est aux anges.

— Il a de drôles de façons de le montrer.

C'était vrai. Philip l'avait remercié très poliment, juste avant de sauter de joie en découvrant la double page sur Don Mattingly que Tristan lui avait retrouvée dans ses anciens numéros de *Sports Illustrated*.

Durant le dîner, Ivy fit de son mieux pour inclure Gregory dans la conversation. Tristan essaya de lui parler de sport, de voitures, et obtint surtout des réponses réduites à un seul mot. Andrew s'en montra visiblement agacé, mais Tristan, lui, ne sembla pas en prendre ombrage.

Le cuisinier d'Andrew, Henry – qu'on avait remercié après le mariage, mais rétabli dans ses fonctions après six semaines de menus à la Maggie –, leur avait préparé un excellent repas. Maggie, toutefois, avait insisté pour préparer le gâteau d'anniversaire de son fils. Henry entra, les yeux détournés de cette masse informe et bancale qu'on l'obligeait à porter.

Par contre, le visage de Philip s'épanouit.

— Un gâteau renversé !

L'épais et grumeleux glaçage au chocolat était piqué de neuf bougies inclinées dans des directions diverses et variées. On s'empressa d'éteindre les lumières et toute la tablée chanta en l'honneur de celui dont on fêtait l'anniversaire.

Alors qu'ils en étaient à la dernière mesure, la sonnette retentit à la porte d'entrée. Andrew, les sourcils froncés, alla ouvrir.

De sa chaise, Ivy voyait le hall. Deux officiers de police,

un homme et une femme, y avaient pénétré. Gregory se pencha vers Ivy pour regarder.

— Tu as une idée de la raison de leur présence ? lui demanda Ivy en chuchotant.

— Il a dû se passer quelque chose à l'université, suggéra Gregory.

De l'autre côté de la table, Tristan les observait d'un air interrogateur. Ivy le regarda en haussant les épaules. Maggie, qui n'avait rien remarqué, continua à couper son gâteau tranquillement.

Jusqu'à ce qu'Andrew revienne et lance :

— Maggie.

Son regard devait être éloquent, car Maggie laissa tomber le couteau instantanément et rejoignit Andrew, qui la prit par la main.

— Gregory et Ivy, pourriez-vous nous accompagner dans la bibliothèque, s'il vous plaît ? Tristan, merci de rester avec les garçons, ajouta Andrew.

Les officiers attendaient dans le hall. Andrew les invita à le suivre.

« S'il y avait un problème à la fac, on ne nous demanderait pas de venir », songea Ivy.

Lorsque tout le monde fut assis, Andrew prit la parole :

— Il n'y a pas de moyen facile pour annoncer une telle nouvelle : Gregory, ta mère est morte.

— Oh, non… souffla Maggie.

Ivy se tourna vivement vers Gregory. Il se tenait droit, raide, les yeux rivés sur son père, et il ne dit pas un mot.

— La police a reçu un coup de téléphone anonyme, à cinq heures et demie environ, disant qu'une personne à son adresse avait besoin d'aide. Quand les officiers sont arrivés, ils l'ont trouvée morte, d'une balle dans la tempe.

Gregory ne montra aucune réaction. Ivy lui prit la main. Elle était glaciale.

— La police demande… Ils ont besoin… C'est la procédure d'usage…

La voix d'Andrew se brisa. Il se tourna vers les deux officiers.

— Vous voulez bien poursuivre ?

— La procédure d'usage, enchaîna la femme, veut que nous posions certaines questions. Nous continuons à fouiller la maison dans l'espoir d'y trouver des indices, même s'il paraît assez certain que sa mort est due à un suicide.

— Oh, mon Dieu ! se lamenta Maggie.

— Quelles preuves avez-vous pour l'affirmer ? demanda alors Gregory. Il est vrai que ma mère était dépressive, et ce depuis le début du mois d'avril…

— Oh, mon Dieu ! s'écria Maggie à nouveau.

Andrew tendit le bras vers elle, mais elle s'écarta.

Ivy savait ce que sa mère pensait. Une semaine plus tôt, ils avaient trouvé une photo de Caroline et Andrew dans un tiroir du bureau situé dans le hall. Andrew avait demandé à Maggie de la jeter. Maggie n'avait pu s'y résigner. Elle ne voulait pas être celle qui avait « mis Caroline à la porte » de sa maison. Ivy supposa que sa mère s'était sentie responsable du mal-être de Caroline, et se sentirait désormais responsable de sa mort.

— J'aimerais quand même que vous m'expliquiez, reprit Gregory, pourquoi vous pensez qu'elle s'est suicidée. Ça ne lui ressemble pas du tout. C'était une femme de caractère.

Ivy était stupéfaite d'entendre Gregory s'exprimer si clairement et avec autant de calme.

— Nous avons des présomptions, lui répondit l'officier. Pas de lettre à proprement parler, mais des photos déchirées et éparpillées autour d'elle.

L'officier glissa un œil vers Maggie.

— Des photos de... ? demanda Gregory.

Andrew retint son souffle.

— De M. et Mme Baines, dit l'officier. Des photos de leur mariage trouvées dans les journaux.

Impuissant, Andrew regarda Maggie se plier de douleur et serrer ses bras autour de ses jambes.

Ivy voulut lâcher la main de Gregory pour réconforter sa mère, mais celui-ci la retint.

— Par ailleurs, reprit l'officier, le pistolet était encore accroché à son pouce. Il y avait des brûlures de poudre sur ses doigts, le type de brûlures qu'on se fait quand on tire. Bien sûr, nous allons envoyer au labo les empreintes et la balle, et nous vous préviendrons si nous découvrons de nouveaux éléments. Mais ses portes étaient fermées à clé, nous n'avons remarqué aucun signe d'effraction, l'air conditionné était en marche, et aucune fenêtre n'était brisée, donc...

Gregory respira profondément.

— Donc elle n'était pas aussi solide que je le pensais. À quelle... à quelle heure estimez-vous que cela s'est produit ?

— Entre cinq heures et cinq heures et demie de l'après-midi, peu de temps avant notre arrivée.

Ivy fut prise d'un sentiment étrange. Elle se trouvait

dans le quartier à cette heure-là. Sous un ciel en colère, au milieu d'arbres dont les branches se fouettaient mutuellement. Était-elle passée devant la maison de Caroline ? Caroline s'était-elle tuée au plus fort de la tempête ?

Andrew demanda aux policiers l'autorisation de s'entretenir avec eux plus tard et fit sortir Maggie de la pièce. Gregory resta pour répondre à des questions sur sa mère, ses relations, sur l'existence de problèmes potentiels. Ivy mourait d'envie de partir ; elle ne voulait pas entendre les détails de la vie de Caroline et souhaitait plus que tout retrouver Tristan et se réfugier dans l'étreinte de ses bras.

Mais Gregory la retenait. Sa main était froide, insensible aux mouvements de celle d'Ivy, et son visage, impassible. Sa voix était si blanche qu'Ivy en eut froid dans le dos. Mais elle sentit qu'il se débattait intérieurement, qu'une infime partie de lui admettait l'horreur de ce qui venait de se passer, et la réclamait, elle. Aussi, Ivy resta à ses côtés, bien après que Tristan fut reparti et que tout le monde fut monté se coucher.

Chapitre 10

— Tu m'avais dit que Gary voulait sortir vendredi soir, protesta Ivy.

— Je sais, lui répondit Tristan en s'allongeant dans l'herbe à côté d'elle. C'est sa copine qui a changé d'avis. Quelqu'un a dû lui faire une offre plus intéressante.

— Pourquoi Gary court-il toujours après les filles les plus prisées ? s'étonna Ivy.

— Pourquoi Suzanne court-elle après Gregory ? lui répliqua Tristan.

Ivy sourit.

— Certainement la même raison pour laquelle Ella court après les papillons, lui répondit-elle en tournant son regard vers la petite chatte, qui sautait partout comme une vraie ballerine.

Ella se sentait chez elle dans le jardin du révérend Carruthers. Le père de Tristan avait planté un petit carré d'herbe à chat au milieu des gueules-de-loup, des lis, des roses et des plantes aromatiques.

— Est-ce que samedi te pose un problème ? lui demanda Tristan. Si tu travailles, on pourrait aller voir un film plus tard.

Ivy se redressa. Tristan était sa priorité, toujours. Néanmoins, comme ils avaient prévu de se voir le vendredi soir et le dimanche aussi...

« Je ferais mieux de lui dire la vérité », décida Ivy.

— Gregory a invité Suzanne, Beth et moi à sortir avec quelques-uns de ses amis samedi soir.

Tristan ne dissimula ni sa surprise ni son mécontentement.

— Suzanne en avait tellement envie ! s'empressa de lui expliquer Ivy. Et Beth était tout excitée aussi : elle ne sort pas beaucoup.

— Et toi ? lui demanda Tristan.

Il se souleva sur un coude et écrasa ce faisant un long brin d'herbe.

— Moi ? À mon avis, je dois y aller pour faire plaisir à Gregory.

— Tu lui fais souvent plaisir depuis quelques semaines.

— Tristan, sa mère s'est tuée ! s'emporta Ivy.

— Je le sais.

— Je vis sous le même toit que lui, poursuivit-elle. Je partage la même cuisine, les mêmes couloirs, le même salon. Je vois ses humeurs, quand il va bien, ou pas bien du tout. Ce qui est souvent le cas, ajouta-t-elle doucement.

Elle repensa aux journées durant lesquelles Gregory restait assis à lire le journal, à le feuilleter comme à la recherche de quelque chose qu'il ne semblait jamais trouver.

— Je crois qu'il est très en colère, reprit Ivy. Il essaie de le cacher, mais, à mon avis, il en veut énormément à sa mère.

L'autre nuit, à une heure et demie du matin, il était encore en train de frapper des balles contre le mur du court de tennis.

Ivy était descendue le rejoindre pour lui parler. Lorsqu'il s'était tourné vivement vers elle, surpris par son arrivée, son visage était déformé par la colère et la douleur.

— Crois-moi, Tristan, je l'aide quand je peux, et je continuerai à le faire, mais si tu penses que j'ai des sentiments autres pour lui, si tu penses que lui et moi... c'est ridicule ! Si tu penses... Je n'arrive pas à croire que tu pourrais...

— Hé, hé.

Il la força à se rallonger dans l'herbe.

— Ce n'est pas du tout à ça que je pense.

— Qu'est-ce qui te dérange alors ?

— Deux choses, en fait. Un, j'ai peur que tu en fasses beaucoup par culpabilité.

— Culpabilité ?

Ivy repoussa Tristan et se redressa à nouveau.

— Deux, si je peux me permettre, tu reproduis l'attitude de ta mère, qui est persuadée qu'elle et ses enfants sont la cause du malheur de Caroline.

— C'est faux.

— Nous sommes d'accord. Je veux juste m'assurer que c'est bien clair dans ton esprit et que tu n'essaies pas de te racheter auprès de quelqu'un qui exploite ta culpabilité à fond.

— Tu ne sais pas de quoi tu parles, se défendit Ivy en arrachant des touffes d'herbe. Tu ne sais vraiment pas ce qu'il endure. Tu ne le connais pas. Tu…

— Je le connais depuis le CP.

— On peut changer après le CP.

— Je connais Eric depuis la même période aussi, poursuivit Tristan. Ils sont extrêmes tous les deux, ils font même des trucs dangereux. C'est ça qui m'inquiète.

— Gregory n'essaierait pas alors que je suis là avec mes amies, insista Ivy. Il me respecte, Tristan. C'est sa façon à lui de communiquer après ces trois dernières semaines.

Tristan n'avait pas l'air convaincu.

— Je t'en prie, je ne veux pas que Gregory nous éloigne, plaida-t-elle.

Tristan prit le visage d'Ivy dans ses mains.

— Je ne laisserai rien nous éloigner. Ni les montagnes, ni les rivières, ni les continents, ni la guerre, ni les inondations…

— … ni la mort elle-même, l'interrompit Ivy. Alors, comme ça, tu as lu la dernière nouvelle de Beth.

— Gary l'a dévorée.

— Gary ? Tu plaisantes !

— Il a gardé la copie que tu m'avais donnée, et je lui ai promis de te dire que je l'avais perdue.

Ivy s'esclaffa et se rallongea sur l'herbe, tout près de Tristan, la tête sur son épaule.

— Alors, tu comprends pourquoi j'ai dit oui à Gregory ?

— Non, mais ça te regarde. Donc, la discussion est close. Bon, qu'est-ce que tu fais samedi prochain ?

— Et toi ?

— Je mange à l'auberge Durney.

— À l'auberge Durney ! Je vois qu'on gagne bien sa vie à donner des cours de natation l'été.

— On gagne pas mal. Par contre, tu ne connaîtrais pas une jolie fille qui accepterait une invitation à un dîner aux chandelles pour un repas gastronomique à la française ?

— Si.

— Est-ce qu'elle est libre ce soir-là ?

— Ça dépend. Est-ce qu'elle aura droit à une entrée ?

— Trois, si elle le souhaite.

— Et à un dessert ?

— Oui, un soufflé aux framboises. Et à des baisers.

— Des baisers...

— Tu parles d'une fête, déclara Ivy froidement.

— Je m'ennuyais, répondit Eric.

— Pas moi, leur dit Beth.

Elle était la dernière à avoir quitté la soirée organisée ce samedi-là par l'association des étudiantes de l'université. Après avoir emprunté du papier à l'une des organisatrices, Beth avait interviewé la quasi-totalité des personnes présentes. Puis, alors qu'on demandait aux lycéens de partir, Beth avait été invitée à rester. La Sigma Pi Nu était flattée de savoir qu'elle citerait leur association dans un de ses livres.

— Eric, il va falloir que tu apprennes à garder ton calme, lança Gregory, clairement irrité.

Il était occupé avec une rousse (ce qui avait incité

Suzanne à faire du corps à corps avec un barbu), lorsque Eric avait décidé d'en découdre avec un géant vêtu d'un tee-shirt à l'effigie de l'équipe de football américain de l'école. Une bien piètre idée.

Eric se tenait maintenant sur les marches d'un bâtiment à colonnes, et il inclinait la tête de droite et de gauche, les yeux levés vers une statue avec laquelle on aurait dit qu'il conversait.

Suzanne était allongée sur un des bancs en pierre installés dans le carré de pelouse central. Elle riait toute seule, les genoux repliés, sa jupe soulevée par le vent descendant sur ses cuisses de façon provocatrice. Un spectacle que Gregory ne quittait pas des yeux.

Ivy se détourna. Will et elle étaient les seuls à ne pas avoir bu. Lui s'était visiblement senti dans son élément à la soirée, même sans s'y être amusé. Peut-être la rumeur qui courait à son sujet était-elle vraie : il avait déjà tout vu et plus grand-chose ne l'impressionnait.

Comme Ivy, Will avait commencé à suivre les cours en janvier. Toutefois, son père était producteur de télévision à New York, ce qui lui avait instantanément donné beaucoup de crédit aux yeux de ses nouveaux camarades. À peine le pied posé dans l'école, la bande des fils et filles à papa s'était ruée sur lui. Toutefois, son attitude secrète empêchait de cerner sa vraie personnalité. Aussi, il était simple de lui attribuer les traits de caractère qu'on lui souhaitait et la plupart des élèves qu'Ivy connaissait avaient décidé que Will était génial.

— Il est où ton vieux ? s'écria soudain Eric.

Il avait toujours les yeux levés vers la statue qui se dressait sur les marches au-dessus de lui.

— G.B., où est ton vieux ?

— Lui, c'est le vieux de mon vieux, lui dit Gregory.

Ivy comprit alors que c'était la statue de son grand-père. Bien sûr. Ils étaient devant le Hall Baines.

— Et pourquoi il est pas là-haut, ton vieux ?

Gregory s'assit sur le banc en face de celui où Suzanne était allongée.

— Parce qu'il n'est pas encore mort, je suppose, répondit-il à Eric avant de boire d'un trait la quasi-totalité de sa bouteille de bière.

— Alors, pourquoi que ta vieille, elle est pas là-haut ? Hein ?

Gregory resta silencieux. Il reprit une longue gorgée de bière.

Eric fronça les sourcils vers la statue.

— Elle me manque. Vrai, elle me manque, la bonne vieille Caroline. Tu le sais.

— Oui, dit simplement Gregory.

— Ben, faut qu'on la mette là-haut alors, reprit Eric en faisant un clin d'œil à Gregory.

De nouveau, ce dernier garda le silence. Ivy vint se placer derrière lui et mit sa main droite sur son épaule.

— Je l'ai juste là dans ma poche, la bonne vieille Caroline, poursuivit Eric.

Le groupe l'observa tandis qu'il tapotait sa chemise et son pantalon. Finalement, il sortit un soutien-gorge. Il le colla contre sa joue.

— Hum, il est encore chaud.

Ivy posa sa main gauche sur l'autre épaule de Gregory. Elle perçut la tension dans son corps.

Eric enroula le soutien-gorge autour de son bras et, titubant, commença à escalader la statue.

— Tu vas te tuer, lui dit Gregory.

— Comme ta mère !

Ivy détourna le regard d'Eric. Quant à Gregory, il continua à boire, puis appuya sa tête contre Ivy. Elle le sentit se détendre. Chacun de son côté, Suzanne et Will les fixaient, Suzanne avec des yeux qui lançaient des éclairs.

Ivy resta sans bouger pendant qu'Eric plaçait le soutien-gorge sur le juge Baines. Puis elle confisqua les bouteilles de bière encore intactes et rejoignit Suzanne.

— Gregory serait content d'avoir quelqu'un qui lui tient la main, dit-elle à son amie.

— Même après toi et la rousse ?

Ivy ignora la remarque de Suzanne. Cette dernière avait trop bu, elle aussi.

Soudain, Eric poussa un glapissement. Tous se tournèrent vers lui. Il avait glissé de la statue et s'en alla rouler dans le gravier où il s'immobilisa, recroquevillé comme un escargot. Will se hâta vers lui. Gregory éclata de rire.

— Rien de cassé, sauf mon cerveau, marmonna Eric alors que Will le remettait sur ses pieds.

— Je propose qu'on rejoigne la voiture, annonça Will froidement.

— Attends, la fête vient juste de commencer, protesta Gregory en se levant.

Manifestement, l'alcool qu'il avait ingéré commençait à agir.

— Je ne me suis pas senti aussi bien depuis que… je ne sais plus quand.

— Moi, je sais depuis quand, intervint Eric.

— La fête sera vite terminée si les gardes qui surveillent le campus nous attrapent, leur fit remarquer Will.

— Mon père est leur patron, lança Gregory. Il nous sortira d'affaire si nécessaire.

— Ou nous enfoncera, railla Eric.

Ivy regarda sa montre : 23 h 45. Elle se demanda où était Tristan et ce qu'il faisait. Elle se demanda si elle lui manquait. Elle regretta de ne pas être assise à côté de lui en cet instant, à profiter de cette douce soirée du mois de juin.

— Beth, on y va ! décida-t-elle, désolée d'avoir mis ses amies dans cette situation. Suzanne ! ordonna-t-elle alors.

— Oui, mère, lui rétorqua celle-ci.

Gregory s'esclaffa. Ivy en fut froissée, mais se dit aussitôt : « Ils sont ivres tous les deux. »

Bien qu'ils soient six, il leur fallut un long moment avant de retrouver la voiture de Gregory. Will déclara alors :

— Je conduis, d'accord ?

— Je peux me débrouiller, lui répondit Gregory.

— Pas cette fois.

Le ton de Will était plaisant, mais ses doigts se refermèrent sur les clés que Gregory tenait.

— Personne ne conduit cette beauté sauf moi, lâcha alors Gregory en lui arrachant le trousseau.

Will glissa un regard vers Ivy.

— Arrête, Gregory, intervint celle-ci. C'est moi qui vais prendre le volant.

— Comme ça, tu pourras boire autant que tu veux, lui fit remarquer Will.

— Je boirai et je conduirai autant que je veux ! hurla

Gregory. Et si ça ne vous plaît pas, vous n'avez qu'à rentrer à pied.

Ivy y avait songé, ou du moins avait pensé à marcher jusqu'à la cabine téléphonique la plus proche pour demander qu'on vienne la chercher. Cependant, elle savait que Suzanne ne quitterait pas Gregory, et elle se sentait responsable de sa sécurité.

Will demanda son pull-over à Ivy, pour rembourrer le vide qui séparait les deux sièges à l'avant de la voiture. Il s'assit sur ce coussin de fortune, et obligea Eric à prendre place à côté de lui. Ivy, elle, monta derrière, où elle s'installa entre Beth et Suzanne.

— Will ? lança Gregory en le découvrant près du volant. Je ne savais pas que tu m'aimais tant. Suzanne, passe devant !

Ivy retint son amie.

— J'ai dit, passe devant, répéta Gregory. Comme ça, Will pourra rejoindre la fille de ses rêves.

Ivy secoua la tête en soupirant.

— Tous ceux qui risquent de vomir restent près des vitres, imposa Will.

Ivy attacha elle-même la ceinture de sécurité de Suzanne.

Gregory eut un haussement d'épaules, puis démarra. Il conduisait vite, trop vite. Les pneus crissaient dans les virages, la gomme adhérait à peine à la route. Beth ferma les paupières. Suzanne et Eric avaient tous les deux passé la tête par les vitres baissées. La BMW zigzaguait à vous donner la nausée. Ivy avait les yeux rivés droit devant elle et ses muscles se tendaient chaque fois que Gregory freinait ou tournait, comme si elle avait conduit elle-même. Will, lui, agissait en réajustant de temps en temps la direction du volant. Ivy comprit alors pourquoi il avait choisi cette place si dangereuse.

Ils roulèrent ainsi vers le sud le long des petites routes sinueuses, puis ils traversèrent le pont qui marquait l'entrée dans la ville. Ivy soupira de soulagement. Mais, brusquement, Gregory braqua le volant et s'engagea sur la voie qui suivait les berges de la rivière vers le nord, passait au pied de la crête où se trouvait leur maison, devant la gare, et quittait les limites de la ville.

— Où vas-tu ? demanda Ivy.

Ils étaient désormais sur un sentier étroit bordé d'arbres que les phares striaient de leurs faisceaux au gré des cahots de la BMW.

— Tu vas voir, répondit Gregory.

Eric repassa la tête dans l'habitacle.

— Froussards, froussards ! chantonna-t-il. Où sont les froussards ? Froussards, froussards !

La crête de la colline, sombre et menaçante, se dressait sur leur droite, forçant de plus en plus la route vers les rails qui filaient sur la gauche. Ivy se doutait qu'ils arrivaient près de l'endroit où la voie ferrée enjambait la rivière.

— Les deux ponts, souffla Beth.

Au même instant, Gregory se gara sur le bas-côté, coupa le moteur et éteignit les phares. Ils furent tous plongés dans le noir.

— Froussards, froussards. Où sont les froussards ? répéta Eric.

Ivy eut soudain mal au cœur. Elle descendit de la voiture à la suite de Beth. De l'autre côté, Suzanne ouvrit la portière, mais resta assise, les jambes pendantes.

Gregory, lui, alla chercher la bière qui restait dans le coffre.

— Où est-ce que tu as eu tout ça ? lui demanda Ivy.

Avec un grand sourire, Gregory posa un bras lourd sur son épaule.

— Encore une autre raison de remercier Andrew, lui dit-il.

— C'est Andrew qui te l'a achetée ? s'étonna Ivy, incrédule.

— Non, sa carte de crédit.

Là-dessus, Eric et lui attrapèrent un pack de six.

Bien qu'Ivy comprenne que Gregory ait envie de se défouler, bien qu'elle sache combien chaque jour avait été difficile pour lui depuis le décès de sa mère, la colère était montée en elle de minute en minute. Elle refluait maintenant pour céder la place à la peur.

La rivière n'était pas loin ; Ivy l'entendait qui dévalait les rochers. Ses yeux s'étaient ajustés à la nuit et elle discerna les caténaires de la voie ferrée. C'est alors qu'elle se souvint de la raison pour laquelle les jeunes comme eux venaient jusqu'ici : ils se lançaient des défis sur les deux ponts de chemin de fer. Là où Gregory les conduisait en file indienne. Ivy aurait fait demi-tour aussitôt si elle n'avait pas su que Suzanne serait incapable de prendre soin d'elle-même.

Eric la poussait dans le dos pour qu'elle avance plus vite tout en chantant de son étrange voix haut perchée : « Froussards, froussards ! Où sont les froussards ? »

Des petites pierres rondes roulaient sous leurs pieds. Eric et Suzanne ne cessaient de trébucher sur les traverses. Tous les six avançaient au centre de cette drôle d'avenue qui sectionnait la forêt, cette voie créée pour ces trains qui passaient à toute vitesse, reliant New York aux villes situées plus au nord.

Le passage s'élargit encore et Ivy découvrit les deux ponts, côte à côte, le nouveau construit à deux mètres environ de l'ancien. Deux rails d'acier brillant marquaient le tracé du plus récent. Celui-ci n'était protégé par aucune rambarde, par aucun garde-corps. Les arcs sous son tablier s'étiraient au-dessus de la rivière telle une toile d'araignée sombre et sinistre. L'ancien pont s'était effondré en son centre. Les deux extrémités restantes ressemblaient à des mains tendues dont les doigts de métal et de bois pourri essayaient de se toucher sans y parvenir. Loin en contrebas, l'eau rugissait et sifflait.

— Suivez le guide, suivez le guide ! susurra Eric, qui caracolait désormais en tête.

Il tituba vers le nouveau pont. Vivement, Ivy passa deux doigts dans la ceinture de la jupe que portait Suzanne.

— Pas toi, lui dit-elle.

— Lâche-moi, lui rétorqua Suzanne sèchement, se rendant compte qu'Ivy la retenait. Lâche-moi !

Les deux amies luttèrent un moment sous l'œil narquois de Gregory. Puis Suzanne parvint à se libérer. Ivy, dans un mouvement désespéré, s'élança et l'attrapa par la jambe. Suzanne culbuta sur un rail et roula en bas du ballast de pierres où elle atterrit dans des buissons. Elle essaya de se relever, sans succès. Vaincue, les poings fermés par la colère, elle leva des yeux mauvais vers Ivy.

— Beth, tu peux t'assurer qu'elle va bien, s'il te plaît ? demanda Ivy avant de tourner son attention vers Eric.

Il était sur le pont. Il avait déjà parcouru cinq mètres

au moins. Son corps trop maigre sautillait et tournait sur lui-même le long du rail comme un squelette dansant.

— Froussards, froussards, lança-t-il d'un ton persifleur. Regardez-vous, bande de frou... bande de froussards !

Gregory s'adossa à un arbre en riant. Will, lui, observait la scène d'un air circonspect.

Soudain, toutes les têtes pivotèrent. Un sifflement venait de retentir de l'autre côté de la rivière.

C'était le train de nuit qu'Ivy avait si souvent entendu depuis leur maison sur la crête, ce ruban sonore qui, chaque soir, enroulait ses volutes autour de son cœur comme s'il voulait l'emporter.

— Eric ! s'écria-t-elle en même temps que Will.

Derrière eux, Beth soutenait Suzanne qui, penchée sur les buissons, avait été prise de vomissements.

— Eric !

Will se rua après lui, mais Eric reprit sa danse sur les rails.

« Ils vont se tuer tous les deux », se dit Ivy.

— Will, reviens ! Will ! Tu n'y arriveras pas !

Lancé à vive allure, le train s'était engagé sur le pont, son œil brillant repoussant la nuit, réduisant les deux garçons à des silhouettes fines comme du papier à cigarettes. Ivy se rendit compte qu'Eric longeait de son pas vacillant l'extrême rebord de l'ouvrage. Au-dessus de l'eau et des rochers.

« Il veut sauter sur l'autre pont, pensa Ivy. C'est impossible ! Anges, aidez-nous ! pria-t-elle. Ange d'eau, où es-tu ? Tony ? Je t'appelle ! »

Eric se pencha en avant et, soudain, culbuta dans le vide.

Ivy poussa un hurlement, Beth aussi. Toutes deux crièrent, crièrent encore.

Will avait fait demi-tour et courait en trébuchant à chaque foulée. Le train ne ralentissait pas. Énorme et noir, il était aussi grand que la nuit même et fonçait sur lui avec son unique œil étincelant mais aveugle. Six mètres, quatre... Will ne s'en sortirait jamais ! Il ressemblait à une phalène attirée par la lumière.

— Will ! Will ! s'écria Ivy d'une voix étranglée. Oh ! anges...

Il sauta.

Le train passa, faisant vibrer le sol sous sa masse, l'air enflammé par l'odeur du métal. Sans attendre, Ivy dévala le remblai escarpé dans la direction où Will avait disparu.

— Will ! Will, réponds-moi !

— Je suis là. Je vais bien.

Il se dressa devant elle.

« Les anges soient loués », se dit-elle.

Ils s'étreignirent un instant. Ivy se demanda qui de lui ou d'elle tremblait le plus violemment.

— Et Eric ? Est-ce que...

— Je ne sais pas, répondit Ivy rapidement. Est-ce qu'on peut descendre jusqu'à la rivière d'ici ?

— On peut essayer par l'autre côté.

À quatre pattes, leurs ongles enfoncés dans la terre, ils se hissèrent ensemble sur la voie ferrée. Lorsqu'ils se redressèrent, tous deux s'immobilisèrent, les yeux écarquillés. Eric marchait vers eux, une grosse corde et un élastique nonchalamment jetés sur l'épaule.

Il leur fallut un temps de réflexion avant de comprendre ce qui s'était passé. Mais alors, Ivy pivota sur ses talons et interrogea Gregory du regard. Était-il complice de cette mauvaise blague ?

Il souriait.

— Excellent, dit-il à Eric. Excellent.

Chapitre 11

— Tu veux que je te dise ce que je ne comprends pas ?

Gregory, la tête inclinée, étudiait Ivy dans sa jupe courte en soie. Un sourire malicieux illumina son visage.

— Je ne comprends pas pourquoi tu ne portes jamais ta belle robe de demoiselle d'honneur.

Maggie leva les yeux de l'en-cas qu'elle avait préparé pour Andrew. Tout le monde était de sortie ce soir-là.

— Ce serait trop habillé pour l'auberge Durney, lança-t-elle. Cela dit, tu as raison, Gregory, il faudrait qu'Ivy ait une autre occasion de la mettre.

Ivy adressa un sourire bref à sa mère, puis fusilla Gregory du coin de l'œil. Lui souriait toujours.

Une fois Maggie sortie de la cuisine, il ajouta :

— Tu es drôlement sexy ce soir.

Son ton était neutre, mais ses yeux s'attardèrent sur

Ivy. Elle avait renoncé à chercher le sens de certaines de ses remarques, renoncé à savoir s'il lui faisait de vrais compliments ou s'il se moquait d'elle. Une grande partie de ce qu'il lui disait glissait sur elle désormais. Peut-être s'était-elle enfin habituée à lui.

« Plus ça va, plus tu lui trouves des excuses pour tout », lui avait reproché Tristan, lorsqu'elle lui avait raconté les événements du samedi soir.

De fait, Ivy était surtout furieuse contre Eric. Gregory avait refusé d'avouer sa complicité. Il s'était contenté de hausser les épaules en disant : « Eric est imprévisible. C'est ça que j'aime chez lui. »

Bien sûr, Ivy était en colère contre Gregory aussi. Toutefois, elle ne pouvait se départir dans son jugement de ce qu'elle voyait au quotidien. Depuis la mort de sa mère, il continuait à passer des heures absorbé dans ses pensées. Un jour, il lui avait demandé d'aller faire un tour en voiture avec lui, et ils étaient passés dans le quartier de sa mère. Ivy lui avait raconté qu'elle s'y était trouvée le soir de l'orage. Il avait cessé de lui parler et avait évité son regard jusqu'à leur retour chez eux.

« Il faudrait que j'aie un cœur de pierre pour ne pas avoir de sentiments pour lui », avait-elle expliqué à Tristan en conclusion de leur discussion sur Gregory.

Les deux garçons faisaient en sorte de s'éviter.

Ce soir-là, comme à son habitude, Gregory disparut dès que la voiture de Tristan arriva.

Celui-ci venait toujours de bonne heure pour avoir le temps de faire une partie de cartes de base-ball avec Philip. Ivy remarqua avec quelque satisfaction qu'il ne parvenait pas à se concentrer, bien que son équipe, censée recevoir celle de Philip, perde de deux points.

Ils en étaient à la troisième manche des finales et Don Mattingly était à la batte. L'équipe de Tristan avait perdu sa deuxième base, car son lanceur avait fait l'erreur de glisser un coup d'œil vers Ivy.

Lorsque Tristan oublia pour la troisième fois le nombre de retraits qu'il y avait eu, Philip, rageur, se leva et s'en alla appeler Sammy. Ivy et Tristan profitèrent de l'occasion pour s'éclipser. Pendant qu'ils se dirigeaient vers la voiture, Ivy remarqua que Tristan était d'un calme inhabituel.

— Comment va Ella ? lui demanda-t-elle.

— Bien.

Ivy attendit. En général, Tristan avait toujours une anecdote à lui raconter.

— Bien ? C'est tout ?

— Très bien.

— Est-ce que tu lui as acheté une nouvelle clochette pour son collier ?

— Oui.

— Tristan, est-ce qu'il y a un problème ?

Il ne répondit pas tout de suite. « C'est Gregory, se dit Ivy. Il est encore tendu à cause de samedi dernier. »

— Dis-moi !

Tristan lui fit face. Il lui effleura la nuque du bout du doigt. Ivy avait remonté ses cheveux ce soir-là. Hormis deux fines bretelles, ses épaules étaient nues. Elle portait un simple caraco boutonné devant.

Tristan laissa courir sa main de sa nuque jusque sur son épaule.

— Parfois, il est difficile de croire que tu existes vraiment, murmura-t-il.

La gorge d'Ivy se serra. Avec la plus grande des douceurs, Tristan l'embrassa dans le cou.

— On devrait peut-être... monter dans la voiture, suggéra-t-elle en tournant un regard inquiet vers les fenêtres de la maison.

— Oui.

Il ouvrit la portière. Il y avait des roses sur le siège, un autre bouquet de roses lavande.

— Oh ! je les avais oubliées, dit Tristan. Tu veux aller les poser à l'intérieur ?

Ivy les prit dans ses bras et les porta à son visage.

— Je veux les garder avec moi.

— Elles risquent de se faner.

— On les mettra dans une carafe d'eau au restaurant.

Tristan sourit.

— Le maître d'hôtel verra tout de suite qu'on a de la classe.

— Elles sont magnifiques !

— Oui, dit-il dans un souffle.

Tristan la fixa longuement comme s'il voulait s'imprégner de son image. Puis il l'embrassa sur le front et lui prit le bouquet afin qu'elle puisse s'asseoir.

Pendant le trajet, ils parlèrent de leurs projets pour l'été. Ivy était ravie de voir que Tristan avait pris les petites routes au lieu de la quatre voies. Les feuillages des arbres exhalaient un parfum frais et musqué en ce mois de juin. La lumière tachetait les branches telles des pièces dorées passant à travers des doigts d'ange. Tristan conduisait, une main sur le volant, l'autre cherchant celles d'Ivy, comme s'il avait peur qu'elle ne s'enfuie.

— Je veux aller jusqu'au lac Juniper, annonça Ivy. Je veux flotter sur le dos à l'endroit le plus profond, pendant une heure entière, sous le soleil qui étincellera au bout de mes doigts et de mes orteils…

— Jusqu'à ce qu'un gros poisson vienne te manger, la taquina Tristan.

— Et je veux essayer à la lueur de la lune aussi.

— La lune ? Tu nagerais dans le noir ?

— Avec toi, oui. On pourrait se baigner tout nus.

Il tourna légèrement la tête et leurs regards restèrent rivés l'un à l'autre un instant.

— Je ferais mieux de regarder la route, finit-il par dire.

— Ou arrête de conduire, lui répondit-elle calmement.

Il lui jeta un autre coup d'œil, et Ivy porta la main à sa bouche. Les mots lui avaient échappé et elle se sentait soudain timide et embarrassée. Les couples bien habillés, en route pour un restaurant huppé, ne s'arrêtaient pas en chemin pour se faire des câlins.

— On va être en retard pour notre réservation, se reprit-elle. Tu devrais continuer.

Mais Tristan avait déjà quitté la chaussée et se garait en douceur sur le bas-côté.

— On est près de la rivière, dit-il. Tu veux qu'on y aille ?

— D'accord.

Ivy posa les roses sur la banquette arrière. Tristan descendit de la voiture et en fit le tour pour lui ouvrir la portière.

— Est-ce que tu vas pouvoir marcher avec ces chaussures ? lui demanda-t-il en baissant les yeux vers ses pieds.

Elle fit un essai, mais ses talons hauts s'enfoncèrent aussitôt dans le sol boueux.

Tristan la soutint sous les bras et elle éclata de rire.

— Je vais te porter, lui dit-il.

— Non, tu vas me laisser tomber !

— Pas avant d'être arrivé, lui répondit-il en la soulevant sur son épaule comme un sac de pommes de terre.

Riant toujours aux éclats, Ivy lui martela le dos.

— Mes cheveux ! Mes cheveux ! Pose-moi tout de suite !

Il obéit. Lentement, il la laissa glisser devant lui, tout contre lui, tandis que sa jupe se soulevait et que ses cheveux tombaient en cascade sur ses épaules.

— Ivy.

Il la serrait tant qu'elle sentit les frissons qui lui traversaient le corps.

— Ivy ? murmura-t-il.

Elle pressa sa bouche entrouverte contre son cou.

D'un seul mouvement, ils tendirent la main vers la poignée et tirèrent la portière vers eux.

— Je n'aurais jamais pensé que la banquette arrière d'une voiture puisse être aussi romantique, dit Ivy en s'y adossant.

Elle sourit à Tristan, puis baissa les yeux vers les détritus amoncelés par terre.

— Tu pourrais peut-être enlever ta cravate de ce vieux gobelet.

Avec une moue de dégoût, Tristan attrapa la tasse

Burger King dégoulinante et la jeta à l'avant. Puis il se rassit à côté d'Ivy.

— Ouh !

L'odeur de fleurs broyées emplit l'habitacle.

Ivy éclata de rire.

— Qu'est-ce qu'il y a de si drôle ? lui demanda Tristan en sortant des roses écrasées de derrière son dos.

Il riait, lui aussi.

— Et si quelqu'un passait par là et remarquait le signe « Clergé » que ton père a collé sur le pare-chocs ?

Tristan jeta les fleurs sur le siège avant et attira Ivy à lui de nouveau. Il suivit du doigt la bretelle en soie de son caraco et lui embrassa tendrement l'épaule.

— Je leur dirais que j'étais avec un ange.

— Quel esprit !

— Ivy, je t'aime, murmura Tristan, soudain sérieux.

Ivy le regarda, interdite.

— Je ne joue pas, reprit Tristan. Je t'aime, Ivy Lyons, et un jour, tu me croiras.

Ivy l'enlaça et le serra fort contre elle.

— Moi aussi, Tristan Carruthers, souffla-t-elle dans son cou.

Ivy croyait Tristan et lui faisait confiance comme à personne. Viendrait le moment où elle aurait le courage de le dire tout haut : « Je t'aime, Tristan. » Elle le crierait par les fenêtres. Elle tendrait une banderole d'un bout à l'autre de la piscine.

Ils se redressèrent, réajustèrent leurs vêtements et repassèrent à l'avant. Ivy se remit à rire. Tristan la regarda en souriant tandis qu'elle essayait, en vain, de dompter sa toison de cheveux blonds. Ils redémarrèrent. La voiture cahota par-dessus les pierres et dans les ornières. Une fois parvenu sur la petite route étroite, Tristan accéléra.

— Dernier point de vue sur la rivière, dit-il à Ivy alors qu'il abordait un virage serré après lequel la route s'éloignait du cours d'eau.

Le soleil de juin, qui descendait à l'ouest sur la crête de ce paysage du Connecticut, dardait ses fûts de lumière sur la cime des arbres, les faisant étinceler de flocons dorés. La route sinueuse s'enfonça dans un tunnel d'érables, de chênes et de peupliers. Ivy eut l'impression de plonger avec Tristan dans des vagues, sous un soleil brillant, leurs deux corps se mouvant à l'unisson à travers un abîme de bleu, de mauve et de vert profond. Tristan alluma les phares.

— Prends ton temps, lui dit Ivy. Je n'ai plus faim.

— Je t'ai coupé l'appétit ?

— Non, répondit-elle tendrement, je crois que je suis comblée.

La voiture fila dans un virage.

— Je t'ai dit de prendre ton temps.

— C'est bizarre, murmura Tristan. Je me demande ce qui...

Il baissa furtivement le regard.

— Ça n'a pas l'air de...

— Ralentis, je te dis. Ce n'est pas grave si on est un peu en retard... Oh !

Ivy pointa le doigt devant elle.

— Tristan !

Surgie des buissons, une forme s'engageait sur la route. Ivy avait perçu l'éclair fugitif au milieu des ombres denses, sans toutefois pouvoir déterminer ce qui l'avait provoqué. C'est alors que le daim s'arrêta. Il tourna la tête, ses yeux attirés par la lumière des phares.

— Tristan !

Ils roulaient à toute allure vers ces yeux qui brillaient.

— Tristan, tu ne le vois pas ?

La voiture continua de filer.

— Ivy, quelque chose...

— Là ! Le daim ! hurla-t-elle.

Les yeux de l'animal flamboyèrent. Puis une lumière apparut derrière lui, un éclat vif et soudain, en halo autour de sa silhouette sombre. Un autre véhicule arrivait en face. Les arbres les emmuraient. Que ce soit à droite ou à gauche, il n'y avait aucun espace où se réfugier.

— Arrête ! hurla Ivy.

— Je...

— Mais arrête ! Pourquoi est-ce que tu ne t'arrêtes pas ? le supplia-t-elle. Tristan, arrête !

Chapitre 12

Un éblouissement. L'œil du daim, tel un tunnel sombre éclatant de blanc en son centre. Tristan freina, freina encore, sans que rien arrête leur course folle, sans que rien l'empêche de les précipiter le long de cet entonnoir d'obscurité vers une explosion de lumière.

L'espace d'un instant, Tristan ressentit un poids immense, comme si les arbres et le ciel s'étaient écrasés sur lui. Puis il y eut un éclat de feu et le poids s'envola. Sans savoir comment, Tristan se sentit libre.

« Elle a besoin de toi. »

— Ivy ! lança-t-il.

Le tourbillon des ténèbres revint alors, la route autour de lui semblable au motif d'un tableau en spirale, le rouge virevoltant avec le noir, la nuit tournoyant au rythme du gyrophare vibrant d'une ambulance.

« Elle a besoin de toi. »

Les mots ne furent pas dits, mais il les comprit. Et les autres ? « Ivy ! Où est Ivy ? Vous devez aider Ivy ! »

Elle gisait. Baignée de rouge.

« Que quelqu'un l'aide ! Vous devez la sauver ! »

Il n'arrivait pas à empoigner l'ambulancier, ne parvint même pas à tirer sa manche.

— Pas de pouls, dit une femme. C'est fini.

« Aidez-la ! »

Les spirales s'allongèrent en traits. Des rubans de lumière et d'obscurité défilèrent, rapides comme l'éclair, à ses côtés. Était-elle avec lui ? La sirène hurlait : Iiiivy, Iiiivy.

Il se retrouva dans une pièce carrée. Il y faisait jour, ou du moins aussi clair que pendant la journée. Plusieurs personnes s'y affairaient. « Un hôpital », se dit-il. On recouvrit son visage ; sa vision s'obscurcit. Il n'était pas certain du temps qui s'écoula.

Quelqu'un se pencha vers lui.

— Tristan.

La voix se brisa.

— Papa ?

— Ô mon Dieu, pourquoi avez-Vous permis cela ?

— Papa, où est Ivy ? Elle va bien ?

— Mon Dieu, mon Dieu. Mon enfant ! s'écria son père.

— Est-ce qu'ils lui sont venus en aide ?

Son père ne dit rien.

— Papa, réponds-moi ! Pourquoi est-ce que tu ne me parles pas ?

Son père prit son visage entre ses mains. Il se pencha vers lui, des larmes roulaient sur ses joues…

« Mon visage, songea Tristan soudain. C'est mon visage. »

Pourtant, il regardait son père et lui-même comme s'il s'était tenu à l'écart.

— M. Carruthers, je suis désolée.

Une femme en uniforme d'urgentiste était apparue à côté de lui. Il refusa de la regarder, mais lui demanda :

— Il est mort sur le coup ?

— Oui. Je suis désolée. Nous n'avons pas eu le temps de faire quoi que ce soit.

Tristan sentit les ténèbres l'envelopper à nouveau. Il lutta de toutes ses forces pour rester conscient.

— Et Ivy ? s'enquit son père.

— Des coupures et des contusions, en état de choc. Elle appelle constamment votre fils.

Il fallait qu'il la retrouve. Il chercha une porte du regard, concentra son attention, et passa à travers. À travers elle, puis à travers une deuxième, et une troisième – il se sentait plus fort maintenant.

Il se hâta dans le couloir. Il y croisa plusieurs personnes. Il les évita en zigzaguant. Il semblait se déplacer beaucoup plus vite qu'elles, mais aucune ne se donnait la peine de se pousser.

Une infirmière arriva vers lui. Tristan s'arrêta pour lui demander où était Ivy, mais elle passa son chemin sans le regarder. Au détour d'un couloir, il tomba nez à nez avec un chariot chargé de linge. Puis avec l'homme qui le poussait. Tristan pivota sur lui-même. Le chariot et l'homme étaient derrière lui.

Ils lui étaient passés au travers du corps. Tristan avait entendu ce que l'urgentiste avait dit. Mais son esprit chercha désespérément une autre explication, quelle qu'elle soit. Il n'y en avait pas.

Il était mort. Personne ne le voyait. Personne ne sentait sa présence. Et ce serait pareil avec Ivy.

Tristan fut submergé par une douleur infinie, comme jamais il n'en avait ressenti. Il lui avait dit qu'il l'aimait, sans avoir eu le temps de l'en convaincre. Maintenant, le temps s'en était allé. Et pourtant, il voulait qu'elle croie à lui comme à ses anges.

— Je vous l'ai dit, je ne peux pas parler plus fort.

Tristan leva les yeux. Il se tenait devant une chambre. Une vieille femme y était alitée. Elle était grise et minuscule, et de minces tubes la reliaient à des machines. On aurait dit une araignée prisonnière de sa propre toile.

— Entrez, dit-elle.

Il se tourna pour voir à qui elle parlait.

Personne.

— Mes vieux yeux sont si faibles que je ne distingue pas ma propre main, poursuivit la femme. Mais je perçois votre lumière.

De nouveau, Tristan regarda derrière lui. La vieille femme avait parlé d'une voix assurée et au timbre étonnamment puissant pour un si petit corps gris.

— Je savais que vous viendriez. Je vous attendais patiemment.

« Elle attendait quelqu'un, songea Tristan. Un fils ou un petit-fils certainement, et elle me prend pour lui. »

Cependant, comment faisait-elle pour le voir puisque personne d'autre ne le pouvait ?

Le visage de la vieille femme s'illumina.

— J'ai toujours su que vous existiez, lança-t-elle.

Elle tendit une main fragile vers Tristan. Il s'approcha et fit de même. La vieille femme ferma les yeux.

Aussitôt, des sonneries d'urgence se déclenchèrent. Trois infirmières firent irruption dans la chambre. Tristan s'écarta tandis qu'elles se pressaient autour du lit. Il comprit alors qu'elles essayaient de réanimer la vieille femme ; il sut qu'elles n'y parviendraient pas. Il n'avait pas de preuve tangible, mais il lui paraissait évident qu'elle ne voulait pas revenir.

Peut-être le connaissait-elle. Que savait-elle ?

Tristan sentit les ténèbres descendre sur lui de nouveau. Il se défendit. Et si, cette fois, il disparaissait à jamais ? Il ne le voulait pas, il devait revoir Ivy. Avec l'énergie du désespoir, il s'efforça de rester lucide ; il fixa son attention sur des objets, l'un après l'autre. C'est ainsi qu'il la vit, à côté d'un livret posé sur un plateau : une statuette, la main tendue vers la défunte et ses ailes angéliques déployées.

Pendant des jours et des jours, Ivy n'eut pour seul souvenir que la cascade de verre. L'accident était comme un cauchemar récurrent mais incomplet. Qu'elle soit éveillée ou endormie, il s'imposait à elle. Son corps entier se tendait et ses pensées soudain repartaient en arrière, mais seul lui revenait, au ralenti, le souvenir d'un pare-brise qui explose et retombe dans une cascade de verre.

Chaque jour, des visiteurs se succédèrent, Suzanne et Beth, d'autres amis, des enseignants de l'école. Gary vint une fois ; l'instant fut misérable pour tous les deux. Will lui fit une visite éclair. Tous lui apportèrent des fleurs, des gâteaux, leur compassion. Ivy attendait impatiemment qu'ils partent, attendait impatiemment de pouvoir dormir à nouveau. Pourtant, lorsqu'elle se couchait le soir, elle ne parvenait pas à trouver le sommeil et se voyait forcée d'attendre de longues heures qu'une autre journée commence.

À l'enterrement, ils l'entourèrent, sa mère et Andrew d'un côté, Philip de l'autre. Elle laissa le soin à Philip de verser des larmes pour eux deux. Gregory, qui s'était placé derrière elle, apposa de temps à autre une main délicate sur son dos. Elle s'abandonna contre elle chaque fois. Gregory était le seul à ne pas lui demander constamment d'en parler. Il était le seul à sembler comprendre sa douleur, à ne pas lui répéter qu'évoquer ses souvenirs lui ferait du bien.

Peu à peu, les événements lui revinrent – ou lui furent racontés. Les médecins et la police la forcèrent aussi à se les remémorer. L'intérieur de ses bras était couvert de coupures. Elle avait dû lever les mains devant son visage, lui dit-on, pour se protéger des éclats du pare-brise. Par miracle, le reste de ses blessures se limitait à des contusions dues au choc et à la ceinture de sécurité. Tristan avait probablement braqué le volant brusquement vers la droite, car le daim avait heurté la voiture de son côté. Pour la sauver, pensa Ivy, malgré le silence de la police à ce sujet. Elle déclara aux officiers que Tristan avait essayé de freiner, en vain. Que le jour tombait. Que le daim était apparu subitement. Elle ne se rappelait rien d'autre. Quelqu'un lui apprit que la voiture était partie à la casse ; elle refusa d'en regarder la photo publiée dans le journal.

Une semaine après l'enterrement, Mme Carruthers lui rendit visite et lui apporta une photo de Tristan. Sa photo préférée, lui confia-t-elle. Ivy la prit à deux mains. Tristan souriait, coiffé de son ancienne casquette de base-ball – la visière à l'envers comme à l'accoutumée – et vêtu d'une vieille veste qu'il mettait toujours à l'école : c'était le Tristan qu'Ivy connaissait si bien. On aurait dit qu'il s'apprêtait à lui demander si elle accepterait une autre leçon de natation. Pour la première fois depuis l'accident, Ivy pleura.

Elle n'entendit pas Gregory entrer dans la cuisine où elle était assise avec la mère de Tristan. Lorsqu'il découvrit la présence du docteur Carruthers, il lui demanda sèchement pourquoi elle se trouvait là.

Ivy lui montra la photo de Tristan et il décocha un regard mauvais à cette pauvre femme.

— C'est fini maintenant, lui lança-t-il. Ivy commence à se remettre. Elle n'a plus besoin de pense-bête.

— Quand on aime quelqu'un, on ne s'en remet jamais, lui répondit doucement Mme Carruthers. On continue à vivre, parce qu'on le doit, mais on garde la personne aimée dans son cœur.

Elle se tourna vers Ivy.

— Tu dois parler, Ivy, te souvenir. Tu dois pleurer. De vraies larmes. Tu dois sentir la colère. Moi aussi, je la ressens.

— Vous savez quoi, reprit Gregory, ça suffit toutes ces idioties ! Tout le monde veut qu'Ivy se rappelle l'accident et en parle. Tout le monde a sa propre théorie sur la meilleure façon de faire son deuil, mais est-ce qu'un seul de vous tous s'inquiète vraiment de ce qu'elle ressent ?

Mme Carruthers l'observa un instant.

— Ce que je me demande, Gregory, c'est si tu as fait ton propre deuil.

— Ne me dites pas que vous êtes psy !

— Non, juste une personne qui, comme toi, a perdu quelqu'un qu'elle aimait de tout son cœur.

Avant de partir, la mère de Tristan demanda à Ivy si elle voulait récupérer Ella.

— Je voudrais bien, c'est eux qui ne veulent pas ! s'écria Ivy.

Elle sortit de la cuisine en courant, monta dans sa chambre, claqua la porte derrière elle et s'enferma à clé. Un à un, tous ceux qu'elle aimait lui étaient enlevés !

Elle prit la statuette d'ange que Beth venait de lui offrir et la projeta contre le mur.

— Pourquoi ? hurla-t-elle. Pourquoi est-ce que je ne suis pas morte, moi aussi ?

Elle ramassa l'ange et le jeta contre le mur une deuxième fois.

— Tu t'en es mieux sorti que moi, Tristan. Je te déteste pour ça. Je ne te manque plus maintenant, hein ? Oh que non, parce que toi, tu ne sens plus rien !

Au troisième impact, l'ange se fracassa. Encore une cascade de verre. Ivy ne se donna même pas la peine de ramasser les débris.

Après le dîner ce soir-là, lorsqu'elle revint dans sa chambre, le sol était débarrassé du verre et la photo de Tristan, posée sur son bureau. Elle ne chercha pas à savoir qui avait œuvré. Elle ne voulait parler à personne. Lorsque Gregory essaya d'entrer, elle lui referma la porte au nez. Et réitéra le lendemain matin.

Elle fut à peine polie avec les clients des Quatre

Saisons. Une fois sa journée de travail finie, elle rentra et remonta dans sa chambre aussitôt. Elle y découvrit Philip, assis par terre devant ses cartes de base-ball. Ivy avait remarqué qu'il jouait en silence maintenant. Mais ce soir-là, il leva les yeux vers Ivy et lui sourit pour la première fois depuis des jours. Puis il pointa le doigt derrière lui.

— Ella ? s'exclama Ivy. Ella !

Ivy se précipita vers son lit et se laissa tomber à genoux. Aussitôt, la petite chatte se mit à ronronner. Ivy plongea son visage dans son doux pelage et sanglota.

Elle sentit alors une petite main sur son épaule. Elle sécha ses larmes, puis tourna la tête vers Philip.

— Est-ce que maman est au courant ?

— Oui. Elle est d'accord pour qu'elle reste. C'est Gregory qui est allé la chercher.

Chapitre 13

Tristan s'éveilla en se demandant quel était le jour de la semaine et à quelle heure il était censé donner ses cours de natation aux enfants du camp de vacances. À en juger par la pénombre dans la pièce, il était encore trop tôt pour qu'il se lève. Il profita donc de l'instant pour rêver à Ivy – Ivy et ses beaux cheveux blonds retombant sur ses épaules.

Un bruit de pas et de ce qui ressemblait à des roues le fit peu à peu sortir de sa rêverie. Il se redressa d'un bond. Que faisait-il là, allongé par terre dans la chambre d'un homme qu'il n'avait jamais vu auparavant ? L'inconnu bâilla et jeta un coup d'œil autour de lui. La présence de Tristan ne le surprit pas le moins du monde ; en fait, on aurait dit qu'il ne le voyait même pas.

La mémoire alors revint à Tristan : l'accident, l'ambulance, les paroles des urgentistes. Il était mort, mais il pouvait réfléchir. Il pouvait observer les gens. S'était-il transformé en fantôme ?

Tristan se rappela la vieille femme. Elle avait dit « voir sa lumière », ce qui expliquait sans doute pourquoi elle l'avait pris pour un...

— Non ! lança-t-il à voix haute sans que l'homme l'entende. C'est impossible, je ne suis pas devenu... non !

Peu importe ce qu'il était devenu, ce quelque chose pouvait rire. Et il rit, et rit, de façon presque incontrôlable. Il pleura aussi.

Soudain, la porte s'ouvrit en grand. Tristan reprit son sang-froid, bien que cela ne soit pas nécessaire. L'infirmière qui venait d'entrer ne se douta pas un instant de sa présence. Pourtant, elle se tenait si près de lui que, lorsqu'elle remplit les courbes de température du malade, son coude traversa le bras de Tristan. Lui en profita pour lire : 9 juillet, 3 h 45 du matin.

Le neuf juillet ? Impossible ! L'accident avait eu lieu au mois de juin. Était-il plongé dans le coma depuis deux semaines ? Allait-il y retomber ? Comment expliquer son état de conscience et sa présence dans cette chambre ?

Il repensa à la vieille femme qui lui avait tendu la main. Pourquoi était-elle la seule à l'avoir remarqué ? Ivy le verrait-elle ?

Une vague d'espoir monta en lui. S'il retrouvait Ivy avant d'être de nouveau englouti par les ténèbres, il pourrait essayer de la convaincre qu'il l'aimait. Qu'il l'aimerait à jamais.

L'infirmière sortit et referma la porte derrière elle. Aussitôt, Tristan posa la main sur la poignée, mais ses doigts passèrent au travers. Il fit un nouvel essai, un deuxième, un troisième. Ses mains n'avaient pas plus de force que des ombres. Il allait devoir attendre le retour de l'infirmière. Or il ne savait pas combien de temps il resterait conscient, ni s'il se volatiliserait dès les premières lueurs du jour comme les fantômes dans les livres.

Il tenta de se remémorer le chemin qu'il avait suivi depuis la salle des urgences. Il revit clairement l'endroit où l'aide-soignant l'avait traversé avec son chariot. Et soudain, il se sentit bouger. C'était donc ça la solution. Il lui suffisait de visualiser le lieu où il voulait se rendre.

Bientôt, il sortit dans la rue. Il reconnut l'hôpital comme celui du comté où ses parents travaillaient. Il repensa alors à son père, penché sur lui, en pleurs, dans la salle des urgences. Il voulait plus que tout l'assurer qu'il allait bien, mais il ne savait pas quand les ténèbres reviendraient. Ses parents pouvaient compter l'un sur l'autre ; Ivy était seule. Il décida de repartir à Stonehill. Il avait fait le trajet en voiture des milliers de fois.

L'aube commençait à blanchir le ciel nocturne lorsqu'il arriva sur la crête. Deux rectangles de lumière luisaient faiblement dans l'aile ouest de la maison. Andrew devait travailler. Tristan fit le tour de la demeure. Derrière, de grandes portes-fenêtres laissaient entrer l'air frais de cette fin de nuit. Andrew était assis à son bureau, concentré. Tristan se glissa dans la pièce.

La mallette d'Andrew était ouverte et des documents à en-tête de l'université jonchaient le sol autour d'elle. Mais Andrew lisait une lettre de la police. Stupéfait, Tristan comprit qu'il avait sous les yeux le rapport officiel de l'accident. À côté se trouvait un article de journal sur Ivy et lui-même.

La confirmation noir sur blanc de sa mort aurait dû la lui rendre plus réelle. Il en tira pour seule conclusion que tout ce qui avait compté pour lui jusqu'alors – son apparence, ses talents de nageur, sa réussite scolaire – était dérisoire, insignifiant.

Il ne souhaitait plus qu'une chose : faire savoir à Ivy qu'il l'aimait et l'aimerait toujours.

Il abandonna Andrew à la lecture du rapport en se demandant néanmoins pourquoi il l'intéressait tant, et s'engagea dans l'escalier de service. Il passa devant la porte de Gregory, puis suivit la galerie et le couloir qui menaient vers la chambre d'Ivy. Il était terriblement impatient de la voir, terriblement impatient qu'elle le voie. Il tremblait comme avant leur première leçon de natation. Réussiraient-ils à se parler ?

Si la première vieille femme venue avait pu le regarder et l'entendre, Ivy en serait capable aussi. Elle était animée d'une foi si fervente ! Tristan concentra son esprit sur l'intérieur de la chambre et traversa le mur.

Ella se redressa aussitôt. Elle dormait sur le lit d'Ivy, boule de poils noire pelotonnée contre la tête blonde de sa maîtresse. Elle cligna des yeux et les fixa sur Tristan, ou du moins dans sa direction. « Tous les chats ont ce genre de regard », songea Tristan. Toutefois, lorsqu'il décida de contourner le lit d'Ivy, les yeux verts d'Ella se déplacèrent avec lui.

— Ella, est-ce que tu me vois ? Ella ? murmura Tristan.

La chatte se mit à ronronner et Tristan rit.

Ivy avait le visage caché par ses cheveux. Tristan

essaya de les soulever. Il mourait d'envie d'admirer ses doux traits, mais ses mains se révélèrent inutiles.

— Quel dommage que tu ne puisses pas m'aider, Ella ! dit-il.

La chatte passa par-dessus les oreillers et s'approcha de lui. Tristan resta parfaitement immobile. Que percevait Ella exactement ? Elle avança la tête comme pour se frotter contre son bras. Et culbuta dans le vide en poussant un miaulement rauque.

Ivy s'agita et Tristan l'appela doucement.

Elle roula sur le dos et il espéra une réponse. Son visage était comme une lune perdue, belle mais pâle. Sa lumière se concentrait sur ses seuls cils dorés et sur ses longs cheveux, qui encadraient son visage tels des rayons.

Ivy fronça les sourcils. Tristan aurait tant voulu lisser la ride d'inquiétude sur son front, mais il ne le pouvait pas. Ivy alors se tourna, se retourna.

— Qui est là ? dit-elle soudain. Qui est là ?

Tristan se pencha vers elle.

— C'est moi, Tristan.

— Qui est là ? répéta-t-elle.

— Tristan !

Son front se creusa encore.

— Il fait noir.

Il avança la main vers son épaule, dans l'espoir qu'elle se réveille, certain qu'elle le verrait et l'entendrait.

— Ivy, regarde-moi. Je suis là !

Ivy battit des cils un moment. Puis son expression changea du tout au tout. Il vit la terreur dans ses yeux. Elle se mit à hurler.

— Ivy !

Elle hurla, hurla.

— Ivy, n'aie pas peur !

Il essaya de la prendre dans ses bras. Il voulut l'étreindre, mais son corps traversa le sien. Il ne pourrait pas la réconforter.

La porte s'ouvrit. Philip se rua dans la chambre, suivi de Gregory.

— Ivy, réveille-toi ! s'écria Philip en secouant sa sœur. Ivy, je t'en prie !

Elle écarquilla les yeux. Elle fixa Philip, puis regarda autour d'elle. Sans s'arrêter sur Tristan.

Gregory posa doucement les mains sur les épaules de Philip et lui fit faire un pas de côté. Il s'assit sur le lit et souleva Ivy. Tristan vit qu'elle tremblait.

— Tout va bien, lui dit Gregory en repoussant ses cheveux du plat de la main. Ce n'était qu'un rêve.

« Un cauchemar », songea Tristan. Et il était impuissant. Il ne pouvait pas la rassurer.

Gregory, si. Tristan se sentit submergé par la jalousie. Il ne supportait pas de voir Gregory la tenir ainsi.

Cependant, il ne supportait pas non plus de voir Ivy si bouleversée. Un vent de gratitude à l'égard de Gregory chassa alors son accès de jalousie. Qui revint au galop. Ces sentiments conflictuels l'affaiblissaient à chaque seconde qui passait. Pour reprendre des forces, il s'éloigna du lit et se dirigea vers les étagères sur lesquelles Ivy exposait ses anges. Ella le suivit prudemment.

— Est-ce que tu as rêvé de l'accident ? demanda Philip.

Ivy opina, puis laissa tomber sa tête en avant tout en pétrissant ses draps entortillés entre ses doigts.

— Est-ce que tu veux en parler ? suggéra Gregory.

Elle essaya, fit un signe de tête indiquant qu'elle n'y parvenait pas, puis retourna une main, paume en l'air. Tristan remarqua les cicatrices irrégulières à l'intérieur de son bras, semblables à la déchirure d'éclairs.

C'est alors qu'il sentit les ténèbres tapies dans son dos, prêtes à l'engloutir. Il les repoussa.

— Je suis là, reprit Gregory. Tout va bien.

— Je... je regardais une fenêtre, commença Ivy. Il y avait une ombre. Elle était grande, mais je ne sais pas qui c'était ou ce que c'était. J'ai appelé : « Qui est là ? Qui est là ? »

De l'autre côté de la pièce, Tristan observa la scène, de plus en plus oppressé par la souffrance et la peur d'Ivy.

— Je me suis dit que c'était peut-être quelqu'un que je connaissais, poursuivit Ivy. L'ombre me paraissait familière. Alors je me suis approchée, approchée. Sans réussir à voir.

Elle s'interrompit et promena son regard dans la pièce.

— Tu n'y voyais pas ? l'incita Gregory.

— La vitre était couverte d'autres images, de reflets. Tout se mélangeait. Je me suis encore approchée. J'ai presque collé le nez à la fenêtre. Et soudain, elle a explosé ! L'ombre s'est transformée en daim. Il a sauté, a brisé le verre et s'est enfui.

Elle se tut. Gregory souleva son menton d'une main, le tira vers lui, et planta son regard dans celui d'Ivy.

Tristan l'implora :

— Ivy ! Ivy, regarde-moi !

Les lèvres tremblantes, c'est Gregory qu'elle regardait.

— Est-ce que c'était la fin de ton rêve ? lui demanda ce dernier.

Ivy hocha la tête. Du dos de la main, Gregory lui caressa la joue.

Certes, Tristan voulait que quelqu'un la réconforte, mais…

— Tu ne te rappelles rien d'autre ? insista Gregory.

— Non.

— Ouvre les yeux, Ivy ! Regarde-moi ! lança Tristan.

Il remarqua alors que Philip avait les siens rivés sur la collection d'anges derrière lui, à moins que… ce ne soit sur lui ? Tristan hésita. Il mit sa main autour de l'ange d'eau. Si seulement il pouvait trouver un moyen de le donner à Ivy. Si seulement il pouvait lui envoyer un signe…

— Viens ici, Philip, dit alors Tristan. Viens prendre la statuette. Apporte-la à Ivy.

Philip s'avança vers les étagères, comme attiré par un aimant. Il leva le bras et mit sa main sur celle de Tristan.

— Regardez ! s'écria-t-il. Regardez !

— Quoi ? lui demanda Ivy.

— Ton ange. Il brille !

— Philip, pas maintenant, lui intima Gregory.

Sans l'écouter, Philip prit l'ange et l'apporta à sa sœur.

— Est-ce que tu le veux près de ton lit, Ivy ?

— Non.

— Il pourrait te protéger contre tes mauvais rêves, murmura Philip.

— Ce n'est qu'une statuette, lui répondit Ivy d'un air las.

— On pourrait réciter notre prière et le vrai ange l'entendra.

— Il n'y a pas de vrai ange, Philip ! Tu ne comprends pas ? S'ils existaient, ils auraient sauvé Tristan !

Tout en tapotant les ailes de la statuette du bout des doigts, Philip entonna d'une petite voix obstinée :

— Ange de lumière, ange dans les cieux, prends soin de moi ce soir, prends soin de tous ceux que j'aime.

— Dis-lui que je suis là, Philip, souffla Tristan. Dis-lui que je suis là.

— Regarde, Ivy ! s'exclama Philip en pointant le doigt vers l'étagère. Ils brillent !

— Philip, ça suffit ! ordonna Gregory d'un ton sec. Va te coucher.

— Mais...

— Maintenant !

Lorsque Philip passa près de lui, Tristan lui tendit la main. Le petit garçon ne lui rendit pas son geste. Il le regardait, mais avec étonnement ; il ne l'avait pas reconnu.

Tristan se demanda ce qu'il voyait. Peut-être ce que la vieille femme avait remarqué : une lumière, une sorte de miroitement, pas une forme.

Tristan sentit alors que les ténèbres revenaient. De nouveau, il lutta. Il voulait rester avec Ivy. Il ne pouvait supporter l'idée de la perdre une nouvelle fois, ne pouvait supporter l'idée de la quitter avant que Gregory ne le fasse.

Et s'il ne la revoyait jamais ? Et s'il devait la perdre à jamais ? Il combattit avec la force du désespoir le trou noir qui voulait l'avaler, mais les ténèbres gagnèrent du terrain, s'élevèrent autour de lui, telle une brume noire qui se referma au-dessus de sa tête. Il succomba.

Chapitre 14

Lorsque Tristan émergea du néant, un soleil radieux brillait par les fenêtres. Les draps sur le lit d'Ivy étaient tirés et recouverts d'un édredon léger qu'on avait lissé. Ivy était partie.

C'était la première fois que Tristan voyait la pleine lumière du jour depuis l'accident. Il s'approcha de la vitre et s'émerveilla des détails de l'été, des motifs complexes dessinés par les feuillages, de la façon dont le vent pouvait laisser dans l'herbe comme la trace d'un doigt avant de pousser d'un souffle une vague verte par-dessus la crête. Le vent. Bien qu'il fasse voleter les rideaux, Tristan n'en sentait pas la fraîcheur sur sa peau. Bien que le soleil zèbre la chambre de ses rayons, Tristan n'en sentait pas davantage la chaleur.

Ella était allongée dans un coin de la pièce sur un tee-shirt d'Ivy. Elle salua Tristan en ouvrant un œil et en ronronnant doucement.

— Ma pauvre Ella, ta maîtresse ne te laisse pas beaucoup de linge sale où te prélasser, lui dit Tristan.

Chez lui, Ella avait particulièrement apprécié ses chaussettes et ses sweat-shirts les plus odorants.

Le calme de la maison avait incité Tristan à parler bas et, pourtant, il savait que même s'il criait à tue-tête, ou du moins assez fort pour réveiller les morts, lui seul s'entendrait.

Un sentiment de solitude intense l'accabla. Il craignit soudain d'être seul à jamais, à errer, sans être vu, ni entendu, ni reconnu en tant que Tristan. Pourquoi n'avait-il pas rencontré la vieille femme de l'hôpital après son passage de vie à trépas ? Où s'en était-elle allée ?

« Les morts vont au cimetière », se dit-il en sortant de la chambre et en se dirigeant vers l'escalier. Il s'arrêta net. Il était enterré quelque part ! Probablement à côté de ses grands-parents. Il se rua en bas, impatient de découvrir ce qu'on avait fait de lui. Peut-être reverrait-il la vieille femme aussi, ou quelqu'un d'autre mort récemment et qui pourrait donner un peu de sens à tous ces événements.

Plus jeune, Tristan était allé plusieurs fois au cimetière de Riverstone Rise. Il ne l'avait jamais considéré comme un lieu de tristesse, sans doute parce qu'il avait toujours incité son père à lui raconter maintes anecdotes drôles ou intéressantes sur leur famille. Sa mère, elle, s'y occupait des plantes et des fleurs. Tristan avait aussi passé beaucoup de temps à courir, à grimper sur les stèles, à faire du saut en longueur par-dessus les tombes, transformant ce cimetière en une sorte de terrain de jeux et de piste d'athlétisme. C'était il y a fort longtemps cependant.

Quel sentiment étrange maintenant que de se glisser par les grandes grilles en fer forgé – ces grilles auxquelles il s'était si souvent suspendu « comme un petit singe », disait sa mère – à la recherche de sa propre sépulture. Que ce soit de mémoire ou par instinct, il retrouva immédiatement le chemin bas et le tournant marqué par trois pins à partir desquels il savait qu'il ne lui restait plus que quatre ou cinq mètres à effectuer. Il se prépara au choc qu'il ressentirait à la lecture de son propre nom sur la stèle adjacente à celle de ses grands-parents.

Il n'eut même pas l'occasion d'y jeter un coup d'œil tant il fut surpris par la présence d'une fille, confortablement allongée sur la terre fraîchement retournée au-dessus de son cercueil.

— Excuse-moi, dit Tristan en sachant pertinemment qu'il ne serait pas entendu. Tu t'es installée sur ma tombe.

La fille leva les yeux vers lui. Tristan se demanda s'il brillait. Elle avait à peu près le même âge que lui et son visage lui était vaguement familier.

— Tu dois être Tristan, lui dit-elle. Je savais que tu finirais par venir ici.

Tristan la dévisagea.

— C'est bien toi, n'est-ce pas ? insista-t-elle en s'asseyant, avant de taper avec l'ongle du pouce le nom marqué sur la stèle. Tu es mort récemment, c'est ça ?

— Je vivais récemment, répondit-il.

L'attitude de cette fille le rendait agressif.

Elle haussa les épaules.

— Chacun son point de vue.

Tristan n'en revenait pas qu'elle puisse l'entendre. Il étudia son physique assez inhabituel, puis lui demanda :

— Et toi, tu es…

— … morte, mais pas si récemment que toi.

— Je vois. C'est ce qui explique la couleur de tes cheveux ?

— Pardon ? s'exclama-t-elle en portant la main à sa tête.

Ses cheveux étaient courts, noirs, en piques, et luisaient d'une étrange touche magenta, une nuance violacée, comme si le henné avait viré au rinçage.

— Ils ont la couleur qu'ils avaient quand je suis morte.

— Oh ! pardon.

— Assieds-toi, lui dit-elle en tapotant le monticule de terre. Après tout, c'est ta demeure. Je ne m'y incrusterai qu'un moment.

— Donc, tu es… un fantôme, murmura Tristan.

— Pardon ?

Tristan aurait bien aimé qu'elle change de ton ; elle était agaçante.

— Tu as dit « fantôme » ? reprit-elle. Effectivement, tu es récent. Eh non, nous ne sommes pas des fantômes, mon chou, ajouta-t-elle en posant sur son bras le bout d'un ongle long, pointu et verni de noir violacé.

De nouveau, Tristan se demanda si cette couleur était due au fait qu'elle n'était pas morte « récemment », mais il se tut, de peur qu'elle ne lui enfonce son ongle dans la peau.

À cette pensée, il lui apparut que sa main ne lui avait

pas traversé le bras. Ils étaient donc faits de la même matière.

— Nous sommes des anges, mon chou, reprit-elle. Oui, oui, tu m'as bien comprise, des anges. Les petits serviteurs du Paradis.

Décidément, sa voix et sa façon d'accentuer certains mots l'irritaient.

Elle leva le bras vers le ciel.

— Quelqu'un là-haut a un drôle d'humour. Quelle idée de toujours choisir les candidats les moins vraisemblables !

— Je n'y crois pas, dit Tristan. Je n'y crois pas.

— C'est la première fois que tu vois où tu vas crécher ? lança-t-elle alors en changeant de registre. Tu as raté ton propre enterrement, pas vrai ? Ça, c'était vraiment une grosse erreur. J'ai adoré chaque minute du mien.

— Où est ta tombe ? lui demanda Tristan en regardant autour de lui.

À droite du caveau de sa famille, la stèle était décorée d'un agneau et, à gauche, d'une femme au visage serein, les mains jointes sur la poitrine et les yeux levés vers le ciel – deux symboles tout aussi improbables pour cette fille.

— Je n'en ai pas, lui répondit-elle. C'est pour ça que je sous-loue ton lot.

— Je ne comprends pas.

— Tu ne me reconnais pas ?

— Euh... non, hésita Tristan, redoutant qu'elle ne lui révèle que, d'une façon ou d'une autre, ils étaient apparentés ou que, peut-être, il avait essayé de la séduire en sixième.

— Regarde-moi, de ce côté.

Elle lui montra son profil. Tristan l'examina d'un air absent.

— Eh bien, tu n'as pas beaucoup vécu quand tu étais en vie, décréta-t-elle.

— Qu'est-ce que tu veux dire ?

— Tu n'es pas beaucoup sorti.

— Si, tout le temps.

— Tu n'allais pas au cinéma.

— Si, tout le temps.

— Mais tu n'as jamais vu aucun film avec Lacey Lovitt.

— Bien sûr que si. Tout le monde allait les voir avant que... Tu es Lacey Lovitt ?

Elle leva les yeux au ciel.

— J'espère que tu seras moins lent quand il s'agira de trouver l'objet de ta mission.

— Tes cheveux ne sont pas de la même couleur, c'est pour ça.

— On a déjà parlé de mes cheveux, merci, dit-elle en se mettant à quatre pattes pour se relever.

Tristan trouva étrange de la voir ainsi debout avec les arbres en toile de fond. Les peupliers balançaient leurs guirlandes de feuilles dans la brise, mais la chevelure de Lacey était aussi immobile que l'aurait été celle d'une fille sur une photo.

— Je me souviens maintenant, dit Tristan. Ton avion s'est abîmé en mer. Ils n'ont jamais retrouvé ton corps.

— Oui, et tu peux t'imaginer comme ça m'a semblé drôle de débarquer dans le port de New York.

— C'était il y a deux ans, c'est ça ?

Lacey baissa la tête.

— Ouais...

— J'ai lu des articles sur tes obsèques, reprit Tristan. Il y avait beaucoup de célébrités.

— Et beaucoup de presque célèbres. Les gens recherchent toujours la publicité, dit Lacey d'un ton amer. Tu aurais dû voir ma mère en train de pleurnicher et de gémir.

Lacey prit la pose de la femme éplorée dont la sculpture de marbre décorait une tombe dans la rangée suivante.

— On aurait pensé qu'elle venait de perdre quelqu'un de cher.

— C'était le cas, tu es sa fille.

— Tu es vraiment naïf, hein ?

C'était une affirmation plus qu'une question.

— Tu aurais appris beaucoup de choses sur les êtres humains si tu avais assisté à tes propres obsèques. Mais j'ai peut-être une idée. Il y a un enterrement ce matin dans l'aile est du cimetière. Tu veux y aller ?

— À un enterrement ? C'est un peu morbide, non ?

Lacey éclata de rire.

— Quand on est mort, rien ne peut être morbide, Tristan, lui lança-t-elle par-dessus son épaule tout en s'éloignant. En plus, je les trouve très divertissants, ces enterrements. Et quand ils ne le sont pas, je me charge de mettre de l'ambiance. Étant donné qu'apparemment, tu n'as pas franchement le moral, je t'emmène !

— Je crois que je vais passer mon tour.

Lacey s'arrêta, se retourna et étudia Tristan un instant, l'air perplexe.

— D'accord. J'ai une autre idée : j'ai vu un groupe de filles entrer tout à l'heure, elles se dirigeaient vers les beaux quartiers de notre bourgade. Ça t'intéressera peut-être davantage. Les bons publics sont rares, tu sais, surtout quand on est mort et que la plupart des gens ne nous voient pas.

Elle se mit à marcher en rond.

— Ouais, ce sera beaucoup mieux.

Elle semblait se parler à elle-même autant qu'à Tristan.

— Ça va me rapporter des points.

Elle jeta à Tristan un regard en coin.

— Tu vois, semer la zizanie dans les enterrements n'est pas très apprécié. Par contre, avec ces filles, je vais rendre un service. Grâce à moi, à l'avenir, elles y réfléchiront à deux fois avant de manquer de respect aux morts.

Tristan aurait tant aimé que quelqu'un de normal éclaircisse un peu le mystère pour lui, mais…

— Oh, déride-toi, le cafardeux ! lui lança Lacey en reprenant son chemin.

Tristan la suivit lentement tout en se demandant s'il avait jamais lu que Lacey Lovitt était folle.

Elle l'emmena vers une section plus ancienne du cimetière, où se trouvaient les caveaux de résidents fortunés installés à Stonehill depuis des générations. D'un côté de l'allée, des mausolées semblables à des temples miniatures s'enfonçaient à l'arrière dans le flanc de la colline. De l'autre côté, de hauts monuments en pierre polie et des statues de marbre s'élevaient au milieu de parcelles carrées entretenues comme de véritables petits jardins. Tristan était déjà venu là. À la demande de Maggie, Caroline avait été enterrée dans le caveau de famille des Baines.

— Plutôt huppé, hein ?

— Je me demande bien pourquoi tu sous-loues chez moi, s'étonna Tristan.

— C'est vrai que j'ai gagné des millions en mon temps. Littéralement. Mais, au fond, je suis une fille simple du Lower East Side de New York. J'ai commencé dans les séries… tu te rappelles ?… Et après… Oh ! ce n'est pas la peine de parler de tout ça. Maintenant que tu sais qui je suis, je suis sûre que tu te souviens de ma vie.

Tristan ne prit pas la peine de la contredire.

— Alors, d'après toi, que veulent faire ces filles ? lui demanda-t-elle en s'arrêtant pour regarder alentour.

Il n'y avait personne en vue, que des pierres arrondies, des fleurs aux couleurs vives, et un tapis d'herbe luxuriant.

— Je me posais la même question à ton sujet.

— Moi ? Je vais improviser. Et toute seule. Je doute que tu me sois d'une grande utilité. Tu n'as pas encore de pouvoirs quand même ? Ou, si tu en as un, il doit se limiter à te faire scintiller comme un arbre de Noël. Ce qui signifie que seuls un ou deux croyants pourront te voir.

— Des croyants ?

— Ne me dis pas que tu n'as même pas compris ça ? s'exclama-t-elle en secouant la tête d'un air incrédule.

Il avait compris. Il ne voulait pas l'admettre, car il ne voulait tout simplement pas que ce soit le cas. La vieille femme de l'hôpital était croyante. Comme Philip. Tous deux avaient remarqué son halo. Ivy, non. Elle n'avait plus la foi.

— Est-ce qu'on peut faire autre chose que briller ? demanda-t-il alors avec espoir.

Lacey le regarda comme s'il était réellement le dernier des attardés.

— À ton avis, qu'est-ce que je fais depuis deux ans ?

— Je n'en ai aucune idée.

— S'il te plaît, ne me dis pas maintenant que je vais devoir aussi tout t'expliquer sur les missions.

Tristan ignora le ton mélodramatique.

— Tu les as déjà mentionnées. Quelles missions ?

— Ta mission, ma mission. Chacun de nous en a une. Et on doit la remplir si on veut rejoindre les autres.

Elle se remit à marcher d'un pas vif, forçant Tristan à accélérer pour la rattraper.

— Quelle est ma mission ?

— Comment veux-tu que je le sache ?

— Il va bien falloir que quelqu'un me le dise. Comment pourrais-je la remplir si je ne sais pas en quoi elle consiste ? lança-t-il, exaspéré.

— Ce n'est pas à moi qu'il faut te plaindre ! lui rétorqua-t-elle sèchement. C'est ton boulot de trouver la réponse.

Elle lui glissa un regard en coin, puis ajouta d'une voix plus calme :

— En général, elles ont un lien avec un travail ou une affaire qu'on n'a pas eu le temps de régler. Ou encore avec une personne qu'on connaît et qui a besoin d'aide.

— Et donc, j'ai au moins deux ans pour...

— Non, ça ne fonctionne pas tout à fait comme ça, l'interrompit-elle en réitérant le drôle de mouvement de tête vers le bas qu'elle avait fait plus tôt.

Là-dessus, elle passa à travers une grille en fer forgé noire, dont les piques recourbées et rouillées dessinaient des motifs étranges sur les murs d'une vieille chapelle en pierre.

— Allons trouver ces gamines.

— Attends une minute, dit Tristan en l'attrapant par le bras.

Elle était la seule réalité physique qu'il pouvait toucher et tenir.

— Dis-moi d'abord comment ça fonctionne.

— Eh bien… tu dois l'identifier et la remplir aussi vite que possible. Avec certains anges, ça prend quelques jours, avec d'autres, quelques mois.

— Et avec toi, deux ans. Est-ce que tu es près du but ?

Lacey se passa la langue sur les dents.

— Je ne sais pas.

— Je rêve. Dites-moi que je rêve ! Je suis perdu, je trouve un guide, et il faut que c'en soit un à qui la mission a déjà pris huit fois plus de temps que toutes les autres.

— Deux fois plus seulement ! Un jour, j'ai rencontré un ange qui cherchait sa solution depuis un an. Non, Tristan, mon problème, c'est que je me laisse souvent distraire. Il y a des occasions qu'on ne peut tout simplement pas laisser passer. Mais certaines n'attirent pas l'approbation de tout le monde.

— Certaines ? Comme quoi ? demanda Tristan d'un air soupçonneux.

Lacey haussa les épaules.

— Une fois, pendant un tournage, j'ai fait tomber un lustre sur la tête de cet abruti de réalisateur pour lequel je travaillais. Enfin, juste à côté de sa tête, bien sûr. C'était un fan du *Fantôme de l'Opéra*. Tu comprends ?

C'est une habitude chez moi. Je fais deux pas en avant vers la résolution de ma mission, une bonne occasion me fait dévier de mon chemin, et je recule de trois pas. Mais ne t'inquiète pas, à mon avis, tu es plus discipliné que moi. Tu feras ça en claquant des doigts.

« Je vais me réveiller, se dit Tristan, et ce cauchemar prendra fin. Ivy sera dans mes bras… »

— Je te parie que ces filles sont dans la chapelle, reprit Lacey.

Tristan observa d'un coup d'œil la construction en pierre grise. Il l'avait toujours vue les portes fermées par de grosses chaînes.

— On peut y entrer ? s'étonna-t-il.

— Pour nous, c'est simple. Pour elles, il y a une vitre cassée à l'arrière. Des préférences ?

— Quoi ?

— Est-ce que tu aimerais que je fasse quelque chose en particulier ?

« Pincez-moi », se lamenta Tristan avant de répondre :

— Euh… non.

— Franchement, je ne sais pas ce que tu as dans la tête, Tristan, mais tu es plus mort que les morts.

Là-dessus, elle passa à travers le mur. Tristan la suivit.

Hormis le vert luminescent qui filtrait par la vitre brisée, la chapelle était plongée dans la pénombre. Des feuilles séchées et des morceaux de plâtre jonchaient le sol à côté de bouteilles cassées et de cigarettes. Quant aux bancs en bois, ils étaient couverts d'initiales gravées et de symboles noircis que Tristan ne parvint pas à déchiffrer.

Les filles, qu'il estima avoir entre onze et douze ans, étaient assises en cercle près de l'autel. Toutes riaient nerveusement.

— Bon, qui est-ce qu'on appelle ? demanda l'une d'elles.

Toutes échangèrent de brefs regards, puis jetèrent des coups d'œil inquiets par-dessus leur épaule.

— Jackie Onassis, répondit une brunette avec une queue-de-cheval.

— Kurt Cobain, suggéra une autre.

— Ma grand-mère.

— Mon grand-oncle Lennie.

— Je sais ! dit alors une minuscule blonde au visage couvert de taches de rousseur. Tristan Carruthers !

Tristan écarquilla les yeux.

— Trop sanglant, rétorqua la chef de bande.

— Je suis d'accord, admit la brunette en divisant sa queue-de-cheval en deux pour la resserrer. Si ça se trouve, il a des bois de cerf qui lui sortent de derrière la tête.

— Berk, c'est dégoûtant !

Lacey pouffa.

— Ma sœur était raide amoureuse de lui, dit la petite blonde.

Lacey inclina la tête vers Tristan en battant des cils.

— Une fois, eh ben, on faisait les folles à la piscine et lui, eh ben, il a donné un coup de sifflet pour qu'on se calme. C'était chouette.

— C'était un beau gosse !

Lacey grimaça.

— Peut-être, mais c'est vrai qu'il pourrait être encore

couvert de sang, intervint une rousse. Vous avez d'autres idées ?

— Lacey Lovitt.

Les filles s'étudièrent à tour de rôle. Qui avait parlé ?

— Je me souviens d'elle. Elle était dans *La Course de la lune noire*.

— Non, *La Marche de la lune noire*.

Tristan reconnut la voix de Lacey, bien qu'elle soit légèrement déformée comme le sont les voix à la télévision. Les filles l'avaient entendue aussi. Elles se retournèrent pour regarder autour d'elles.

— Vos mains, décréta leur chef en tendant les siennes à ses deux voisines. On essaie Lacey Lovitt. Si tu es là, Lacey, envoie-nous un signe.

— Je n'ai jamais aimé Lacey Lovitt.

Les yeux de Lacey lancèrent des éclairs.

— Chut... les esprits sont autour de nous maintenant.

— Je les vois ! s'écria la petite blonde. Je vois leur lumière ! Il y en a deux !

— Moi aussi, je les vois !

— Moi, non, déclara la brunette à la queue-de-cheval.

— Et si on changeait ?

— Je suis d'accord, Lacey Lovitt était infecte.

Cette fois, c'est Tristan qui rit sous cape.

— J'aime bien celle qui l'a remplacée dans *La Lune noire*.

— Moi aussi, acquiesça la rousse.

— Elle joue beaucoup mieux. Et ses cheveux sont nettement plus beaux.

Tristan se tourna prudemment vers Lacey.

— Oui, mais elle n'est pas morte, leur rappela leur chef. Tant pis, on appelle Lacey Lovitt. Lacey, si tu es là, envoie-nous un signe.

Lacey se manifesta d'abord sous la forme d'un lent tourbillon de poussière. Tristan remarqua que, plus il prenait de l'ampleur, plus le corps de Lacey s'estompait. La poussière retomba et Lacey reprit de la substance. Elle s'élança alors et fit le tour du cercle en tirant les cheveux à tour de rôle. Les amies se mirent à pousser des petits cris en se protégeant la tête avec les mains. Lacey en pinça deux, puis, prenant au hasard les sweat-shirts qu'elles avaient posés par terre, elle les jeta dans toutes les directions.

C'en était trop pour ces demoiselles. Elles bondirent toutes sur leurs pieds en hurlant et se ruèrent vers la fenêtre pour l'atteindre en premier. À ce stade, les bouteilles vides fusaient juste au-dessus de leurs têtes avant d'aller se fracasser contre les murs de la chapelle.

En moins de temps qu'il ne faut pour le dire, les filles avaient disparu, et seuls leurs cris, semblables à ceux d'oisillons, s'attardèrent dans l'air un instant.

— Eh bien, dit Tristan une fois le silence revenu, c'est une bonne chose qu'il n'y ait pas de lustre ici. Tu te sens mieux ?

— Sales petites teignes !

— Comment as-tu réussi à faire tout ça ? s'enquit Tristan.

— J'ai vu cette actrice qui m'a remplacée. Elle est nulle.

— Je suis sûr qu'elle n'égalera jamais ton sens de la mise en scène. Mais comment fais-tu pour tirer, pour jeter... Je n'arrive pas du tout à utiliser mes mains.

— T'as qu'à trouver ta solution toi-même ! fulmina Lacey. Des beaux cheveux ? ajouta-t-elle en tirant sur ses mèches violacées. C'est mon style et il me plaît !

Les yeux lui sortaient de la tête. Tristan lui sourit.

— Quant à la façon dont j'utilise mes mains, reprit-elle, est-ce que tu crois vraiment que je perdrais mon temps précieux pour quelqu'un comme toi ?

— Les bons publics sont rares, lui rappela-t-il en hochant la tête. Surtout quand on est mort et que la plupart des gens ne nous voient pas.

Là-dessus, il quitta la chapelle et laissa Lacey à sa bouderie. Il savait qu'elle le retrouverait lorsqu'elle serait prête.

Une fois dehors, Tristan cligna des yeux sous le soleil de midi. Il ne ressentait pas les changements de température, mais il était très sensible à l'alternance entre l'ombre et la lumière. Aussi, les taches de soleil qui transperçaient les arbres l'aveuglèrent.

C'est sans doute pour cette raison qu'il prit le visiteur pour Gregory. Sa démarche, ses cheveux noirs et la forme de sa tête persuadèrent Tristan que c'était lui qui s'éloignait du caveau des Baines.

Soudain, comme s'il s'était senti observé, le visiteur pivota sur ses talons. Il était beaucoup plus vieux que Gregory – il devait avoir une quarantaine d'années – et son visage était convulsé de douleur. Tristan tendit une main dans sa direction, mais l'homme se retourna et reprit son chemin.

Tristan fit de même, non sans remarquer, posée sur l'herbe fraîche qui recouvrait la tombe de Caroline, une rose rouge.

Chapitre 15

Lacey rejoignit Tristan en fin d'après-midi. Il marchait le long de la crête et sursauta lorsqu'elle l'appela par son prénom. Lacey était perchée dans un arbre.

— Jolie vue, non ? lui dit-elle.

Tristan opina et baissa de nouveau les yeux vers l'à-pic rocheux. La pente abrupte chutait de près d'une centaine de mètres. Tristan se remémora le jour où, au début du printemps, il avait contemplé de ce même endroit les rails argentés et le toit de la petite gare dans la vallée en contrebas. On ne les voyait plus désormais. Seules étincelaient çà et là à travers les arbres des petites flaques bleues de rivière.

— Je me demande pourquoi cet endroit m'attire tant.

Lacey inclina la tête.

— Je suis certaine que ça n'a strictement rien à voir

avec le fait qu'Ivy habite ici, lui répondit-elle d'un ton sarcastique.

— Tu la connais ?

Lacey fit une roulade arrière par-dessus la branche sur laquelle elle était assise et atterrit au pied de l'arbre.

— J'ai lu des articles sur elle, bien sûr, dit-elle en rattrapant Tristan. En fait, j'ai dévoré tout ce que j'ai pu trouver sur votre accident. Je vais à la gare tous les matins pour lire le journal avec ceux qui prennent le train. J'aime bien me tenir au courant de l'actualité. Et puis, ça m'aide à ne pas oublier quel jour on est.

— Dimanche 10 juillet, dit Tristan.

— Bzzz...

Le pouce pointé vers le bas, Lacey imita le signal utilisé pour indiquer les mauvaises réponses dans les jeux à la télévision.

— Mardi douze juillet, annonça-t-elle en cassant une brindille sur une branche.

— C'est impossible, rétorqua Tristan.

Il leva le bras pour attraper une feuille, sans y parvenir ; comment pourrait-il jamais casser une brindille ?

— Tu as fait un petit séjour dans le néant ?

— Hier soir, répondit Tristan.

— Il y a trois soirs, je dirais. Ça arrive, mais tu vas prendre des forces et tu auras de moins en moins besoin de repos. Excepté, bien sûr, quand ce que tu fais est compliqué.

— Compliqué ? Comment ça ?

Elle le fixa un instant.

— Regarde-moi, lui dit-elle.

— Qu'est-ce que tu crois que je fais ?

— Recule un peu et regarde-moi mieux. Il me manque quelque chose, non ?

— Tu me promets de ne pas me tirer les cheveux ?

Elle fit mine de se renfrogner.

— Regarde ce chat, reprit-elle.

Tristan tourna la tête.

— Ella !

La petite chatte était apparue derrière lui.

— Regarde l'herbe de son côté et du mien.

— Tu n'as pas d'ombre, remarqua tout de suite Tristan.

— Toi non plus.

— En plus, quand tu parles, Ella pointe les oreilles dans ta direction.

— Maintenant, regarde l'herbe derrière moi, poursuivit Lacey en fermant les yeux.

Peu à peu, telle une mare d'eau sombre se répandant sur le sol, une ombre se forma. Plus elle grandissait, plus le corps de Lacey s'estompait. Prudemment, Ella s'approcha, tourna autour d'elle plusieurs fois. Puis elle se frotta contre la jambe de Lacey, sans basculer sur le flanc.

— Tu es solide ! s'exclama Tristan. En chair et en os ! Tout le monde peut te voir ! Apprends-moi à faire pareil. Si je me matérialise comme toi, Ivy me verra, elle saura que je suis là pour elle, elle saura...

— Ho ! l'interrompit Lacey, d'une voix qui semblait perdre en intensité. Du calme, je reviens.

Son ombre disparut. Et elle aussi.

— Lacey ?

Tristan pivota sur ses talons.

— Lacey, où es-tu ? Ça va ?

— Je suis fatiguée, c'est tout, lui répondit un filet de voix.

Lacey réapparut peu à peu, recroquevillée par terre, presque translucide.

— Donne-moi quelques minutes.

Les yeux rivés sur elle, Tristan, inquiet, fit les cent pas. Soudain, Lacey se redressa d'un bond, égale à elle-même.

— C'est comme ça, dit-elle. Les anges de passage – c'est-à-dire toi et moi, mon chou – doivent utiliser toute leur énergie pour se matérialiser complète-ment. Et encore, ça demande de l'entraînement. Alors quand on veut parler en plus, il faut carrément être un expert.

— Comme toi ?

— Personnellement, je préfère me limiter à une matérialisation partielle. Par exemple, si je veux tirer des cheveux ou tourner les pages d'un journal jusqu'à la section cinéma, je me concentre sur mes doigts uni-quement.

— Apprends-moi ! répéta Tristan avec ferveur. Est-ce que tu m'apprendras ?

— Peut-être.

Ils étaient arrivés derrière la maison. Tristan leva les yeux vers la lucarne qui donnait dans la salle de mu-sique d'Ivy.

— Alors comme ça, c'est ici que ta poupée habite, dit Lacey. Je suppose que je devrais trouver rafraîchissant qu'un gars se rende à ce point gaga pour une fille, ajouta-t-elle en faisant la moue.

— Tu n'as pas besoin de penser quoi que ce soit. Ce

que je ressens ne te regarde pas, lui répliqua Tristan. Est-ce que tu vas m'apprendre ?

— Oh ! pourquoi pas. J'ai du temps à perdre.

Ils trouvèrent un coin tranquille sous les arbres et s'y assirent. Lacey caressa Ella, qui les avait suivis et les gratifia d'un ronronnement discret. Tristan remarqua que les mains de Lacey ne brillaient pas. Elles étaient solides.

— Tout réside dans la concentration, commença Lacey. Elle doit être intense. Regarde le bout de tes doigts et fixe-les pour t'aider à maintenir ton attention. Il faut presque les matérialiser par la volonté.

Tristan tendit la main vers Ella. Il s'efforça de vider son esprit de toute pensée. Bientôt, il sentit un léger picotement dans les doigts, comme s'ils étaient anky-losés. Puis le picotement s'intensifia. Il se propagea à sa tête, ce que Tristan n'aima pas. Il commençait à s'estomper. Il avait l'impression que son corps entier, à l'exception de ses doigts, fondait. D'un geste vif, il retira sa main.

Lacey gloussa.

— Tu as eu peur.

— Je vais réessayer.

— Repose-toi d'abord.

— Je n'ai pas besoin de me reposer !

Quelle humiliation ! Il avait été fort et intelligent toute sa vie, avait enseigné la natation, donné des cours de soutien en mathématiques, et il en était réduit à accepter des leçons d'une madame Je-sais-tout pour apprendre un geste aussi simple que caresser un chat.

— Je vois que je ne suis pas la seule à avoir un ego sur-dimensionné, lui fit remarquer Lacey d'un air satisfait.

Tristan ignora la pique.

— Qu'est-ce qui s'est passé ? lui demanda-t-il.

— Ton énergie a bien circulé vers le bout de tes doigts. Du coup, le reste de ton corps a commencé à s'effacer.

Tristan hocha la tête.

— Plus tu prendras de forces, plus tu t'habitueras à cette sensation, poursuivit Lacey. Et si, un jour, tu deviens capable de te matérialiser complètement tout en parlant – ce dont, sincèrement, je doute –, il faudra que tu apprennes à tirer ton énergie de ton environnement. C'est là que je trouve la mienne.

— On dirait un extraterrestre dans un film de science-fiction.

Lacey opina.

— *Au bord de la planète indigo*. Tu sais, j'ai failli gagner un Oscar pour ce rôle.

Comme c'était étrange. Tristan se souvenait de ce film. Il avait fait fureur.

— Prêt à recommencer ?

Tristan tendit de nouveau la main. Cette fois, il s'imagina qu'il cherchait son pouls, allongé sur un lit d'hôpital, en écoutant battre son cœur. Soudain, il visualisa le flux d'énergie qui circulait dans son corps. Posément, sans empressement, il le dirigea vers le bout de ses doigts. Ces derniers cessèrent de briller.

Et il le sentit. Le doux, l'épais, le soyeux pelage. Tristan caressa Ella et la petite chatte ronronna de plaisir. Elle en roula même sur le dos et son ronronnement se fit aussi bruyant qu'un moteur d'avion. Tristan rit.

Mais, brusquement, il perdit le contact. La journée ensoleillée devint grise. Ella cessa d'émettre des sons. Tristan se figea et aspira l'air autour de lui comme s'il avait essayé de retrouver son souffle, bien qu'il n'en ait plus.

— Excellent ! s'exclama Lacey. Je ne me savais pas si bonne enseignante.

Les arbres et l'herbe retrouvèrent leur couleur. Le ciel redevint bleu. Seule Ella, qui s'était dressée sur ses pattes, aux aguets, montra des signes qu'un événement inhabituel venait de se passer.

Tristan se tourna vers Lacey, épuisé.

— Je n'y arriverai pas. Si je suis incapable de tenir plus de quelques secondes, je n'arriverai jamais à entrer en contact avec elle.

— « Elle », c'est ta chérie ?

— Tu connais son nom.

— Ivy. Le lierre. Symbole de la fidélité et du souvenir. Est-ce que tu essaies de lui faire parvenir un message ?

— Je dois la convaincre que je l'aime.

— Tu plaisantes ? s'exclama Lacey en faisant la grimace. C'est ça, ton message ?

— Je crois que c'est ma mission.

— Oh ! s'il te plaît...

— Tu sais quoi, je commence à en avoir assez de tes sarcasmes.

— Et moi, de ta stupidité. Tristan, tu es naïf si tu penses que le Créateur en chef là-haut Se donnerait la peine de te garder comme ange uniquement pour que tu puisses aller dire à une poule que tu l'aimes. Les missions ne sont jamais aussi faciles ou simplettes que ça.

Il aurait voulu contre-attaquer, mais Lacey n'avait pas accompagné son discours de ses grands gestes mélodramatiques habituels. Elle était sérieuse.

— D'accord, concéda-t-il. Mais je ne comprends toujours pas comment je suis censé découvrir l'objet de cette mission.

— En observant. En écoutant. En restant près des personnes que tu connais ou de celles par qui tu es attiré. C'est parmi elles que tu trouveras probablement celle qui a besoin d'aide et pour laquelle on t'a fait revenir.

Tristan se demanda qui, dans son entourage, pourrait bénéficier de son soutien.

— Mets-toi dans la peau d'un détective. La seule difficulté, c'est qu'il faut trouver non seulement l'auteur du crime, mais aussi son mobile. Souvent, on ne le connaît pas. Parfois, le crime ne s'est pas encore produit et, dans ce cas, il faut sauver la personne d'un désastre annoncé.

— Effectivement, ce n'est pas simple.

Tout en parlant, ils avaient fait le tour de la maison par le terrain de tennis. Ella, qui les suivait, s'élança devant eux sur les marches du perron.

— Même si l'événement n'a lieu que plus tard, reprit Lacey, la clé du mystère se cache souvent dans notre passé. Heureusement, il n'est pas trop difficile de voyager dans le temps.

Tristan leva un sourcil.

— Voyager dans le temps ?

D'un bond, Lacey s'assit sur la voiture que Gregory avait garée devant la maison.

— Autrement dit, retourner vers le passé par l'esprit. Quand on fait appel à sa mémoire présente, on oublie beaucoup de choses. Des indices risquent de nous échapper. Par contre, quand on se transporte jusqu'à l'événement passé, on peut les retrouver.

Lacey s'allongea sur le capot de la BMW. On aurait

dit Morticia Addams posant pour la promotion d'une voiture.

— Tu veux que je t'apprenne à le faire ? suggéra-t-elle à Tristan d'un ton enjôleur. Bien sûr, il existe une autre version aussi : le voyage dans l'esprit d'un autre. Mais il vaut mieux que les amateurs de ton genre ne s'y essaient pas. L'expérience comporte des risques. Oh ! ne perds pas courage, le cafardeux.

— Je n'ai pas le cafard, je réfléchis.

— Alors, lève la tête...

Ivy venait d'apparaître à la porte d'entrée, le regard dirigé vers l'allée comme si elle attendait quelqu'un.

— « Voici ma dame. Oh, elle est mon amour ! Si seulement elle pouvait l'apprendre[1] ! » déclama Lacey.

— Quoi ? marmonna Tristan, qui n'avait pas quitté Ivy des yeux.

— *Roméo et Juliette*. Acte II, scène 2. J'ai passé une audition avec *Shakespeare in the Park* pour jouer dans leur festival un été. Le responsable de la distribution me voulait.

— C'est bien, répondit Tristan vaguement.

Il aurait aimé être seul. Pour pouvoir savourer la vue d'Ivy, d'Ivy sur le perron, d'Ivy qui s'approchait avec grâce du haut des marches, ses cheveux tel un halo doré autour de son visage alors qu'elle prenait Ella dans ses bras.

— Le metteur en scène m'a dit que j'avais un talent à en mourir.

— Formidable, murmura Tristan.

1. William Shakespeare, *Roméo et Juliette*, trad. Yves Bonnefoy, Paris, Gallimard [Folio Classique], 1985 [1968], p. 71.

« Si seulement les chats pouvaient parler, songea-t-il. Dis-lui, Ella, dis-lui ce que tu sais. »

— C'est le producteur, un sale mondain pseudo-artiste, qui a imposé un visage « plus classique », une comédienne dont l'accent ne serait pas trop de New York, continua Lacey.

Ivy était toujours devant la porte d'entrée, Ella serrée contre elle, le visage tourné vers Tristan.

« Elle n'a peut-être pas perdu la foi, pensa-t-il. Si ça se trouve, elle a le vague sentiment que je suis là. »

— Ce fameux producteur est à New York pendant quelques semaines pour y préparer une tournée. J'ai envie d'aller lui rendre une visite.

— Formidable, répéta Tristan.

Ivy tourna la tête et Tristan l'imita. Une petite voiture montait la côte en vrombissant.

— Je me demande si je ne vais pas lui régler son compte, ajouta Lacey, causer un accident de la route, qui le tuerait sur le coup.

— Super.

— Tu es lamentable ! s'exclama Lacey. Complètement lamentable ! Tu étais aussi gaga dans la vie que tu l'es maintenant ? Ça devait être beau quand tu étais encore plein d'hormones !

Tristan la regarda d'un air furieux.

— Écoute, lui dit-il, tu n'as rien à m'envier. Je suis amoureux d'Ivy ; tu es amoureuse de toi-même. On est tous les deux obsédés, alors laisse-moi tranquille.

Lacey resta muette un instant. Seule l'intensité de son regard se modifia légèrement. Une caméra n'y aurait pas saisi la lueur de peine qui y pointa. Cette nuance n'échappa pas à Tristan. Cette fois, Lacey ne jouait pas, et il regretta ses paroles.

— Je suis désolé.

Elle se détourna. Il eut peur qu'elle ne disparaisse sur-le-champ et l'abandonne dans sa recherche de sa mission.

— Lacey, je suis désolé, insista-t-il.

— Tiens, tiens…

— C'est juste que…

— C'est qui ça ? Bonnet Blanc et Blanc Bonnet viennent témoigner leur sympathie à ta dame ?

Tristan tourna la tête. Beth et Suzanne descendaient de voiture. Elles étaient toutes deux vêtues de noir. Suzanne avait toujours aimé cette couleur, qu'elle réservait en général aux tenues légères, à l'image de sa robe dos nu ce jour-là. Il était plus inhabituel de voir Beth en noir, mais son style vestimentaire n'en avait pas changé pour autant : robe droite large à petites fleurs blanches sur fond noir, qui se terminait par un volant ondulant à quelques centimètres au-dessus de ses sandales en plastique rouge.

— Ce sont ses amies, Beth et Suzanne.

— Celle-là, c'est une radio, commenta Lacey.

— Une radio ?

— Oui, celle qui ressemble à un rideau de douche.

— Beth, en déduisit Tristan. Elle écrit.

— C'est ce que je te disais : c'est une radio-née.

Tristan regarda Ivy accueillir ses amies et disparaître avec elles à l'intérieur de la maison.

— Allons-y, s'exclama Lacey en sautant du capot. On va s'amuser.

Tristan hésita à la suivre. Il avait déjà vu Lacey à l'œuvre quand elle « s'amusait ».

— Tu veux lui dire que tu l'aimes, oui ou non ? Ce sera un bon entraînement, Tristan. Tu as toutes les cartes en main, cette fille est un émetteur parfait. Et les émetteurs parfaits n'ont même pas besoin de croire, ajouta-t-elle. Ils sont réceptifs à toutes sortes de choses, dont les anges. Tu pourras parler à travers elle, ou au moins la faire écrire. L'écriture automatique, tu sais ce que c'est ?

Tristan en avait entendu parler. Les médiums s'en servaient ; ils expliquaient qu'ils rédigeaient sous le contrôle d'entités inconnues et relayaient ainsi aux vivants des messages envoyés par les morts.

— Tu veux dire que Beth est comme un médium ?

— Oui, mais un médium inexpérimenté. Une radio innée. Elle te transmettra, aujourd'hui ou demain. Il suffit qu'on établisse le lien avec elle et qu'on se glisse dans son cerveau.

— Se glisser dans son cerveau ?

— C'est simple. Il te suffit d'apprendre à penser exactement comme elle, à voir le monde à travers ses yeux, à sentir ce qu'elle ressent, à aimer les personnes qu'elle aime, à éprouver ses désirs les plus profonds…

— Je refuse.

— Bref, il faut adopter le point de vue de la radio et se caler sur les mêmes ondes.

— On voit bien que tu ne connais pas celles du cerveau de Beth. Tu n'as jamais lu ses nouvelles. Elle écrit des histoires d'amour torrides.

— Oh… tu veux dire le genre de romans où l'amant ne quitte jamais sa bien-aimée des yeux, le regard languissant et le cœur si troublé qu'il ne voit et n'entend qu'elle ?

— Exactement.

— Effectivement, vous êtes très différents tous les deux, lui répondit Lacey en levant le menton avec un sourire narquois.

Tristan resta silencieux.

— Si tu aimes réellement ton Ivy, tu essaieras. Je suis sûre que les héros des histoires de Beth ne se laisseraient pas décourager par ce genre d'obstacles.

— Et Philip ? s'obstina Tristan. C'est le frère d'Ivy. Il voit mon halo de lumière.

— Ha ha, tu as trouvé un croyant.

— Non, plutôt une radio.

— Pas nécessairement. Ce n'est pas parce qu'on est croyant qu'on est une radio et inversement.

— Est-ce que je peux d'abord essayer avec lui ?

— Bien sûr, on a du temps à perdre, je te dis, lança Lacey en pénétrant dans la maison.

Dans la cuisine, Philip préparait des brownies au micro-ondes. Sur le plan de travail à côté de son bol traînaient quelques cartes de base-ball toutes collantes et un catalogue ouvert à la page des VTT. Tristan prit confiance. C'était un sujet qu'il connaissait bien.

— Reste derrière lui, lui conseilla Lacey. S'il remarque ton halo, ça le distraira. Il essaiera de comprendre et son attention sera trop concentrée sur l'extérieur pour laisser entrer quoi que ce soit.

La suggestion de Lacey s'avéra utile à plusieurs niveaux. Tristan lut le mode d'emploi indiqué sur la boîte de préparation pour brownies par-dessus l'épaule de Philip. Il pensa alors à ce qu'il allait devoir faire, à l'odeur des gâteaux, à leur goût quand il les sortirait chauds et friables du four. Il se prit à vouloir lécher la cuillère couverte de chocolat fondant. Philip le fit pour lui.

Tristan sentit que, tout en restant lui-même, il avait pris la personnalité d'un autre, comme cela lui était arrivé parfois en lisant un bon livre. Un jeu d'enfant.

— Philip, c'est moi...

Vlan ! Tristan recula en titubant, comme s'il avait marché droit dans une porte vitrée. Il ne l'avait pas vu venir, ne s'y était pas préparé, et il reçut le coup comme une gifle. Durant quelques minutes, il resta muet de stupeur.

— Parfois, le voyage est mouvementé, commenta Lacey. Tu as compris maintenant ? Philip ne veut pas te laisser entrer.

— Pourtant, j'étais son ami.

— Il ne sait pas que c'est toi.

— S'il m'avait laissé parler, il le saurait.

— Ce n'est pas aussi simple. Je t'avais prévenu. J'ai développé un certain talent quand il s'agit de repérer les bons récepteurs. Tu peux faire un nouvel essai, si tu veux. Cette fois, il t'attendra, et le coup sera encore plus rude. Je ne te recommande pas les radios hostiles. Essayons Beth.

Tristan fit les cent pas.

— Tu ne veux pas le faire toi-même ? suggéra-t-il.

— Désolée.

Tristan réfléchit vite.

— Mais... Lacey, tu es une excellente actrice. C'est pour ça que tu communiques si bien. Les acteurs apprennent à jouer des rôles. Et les grands acteurs comme toi ne se contentent pas d'imiter. Ils deviennent l'autre. D'où ton succès.

— Belle tentative. Mais Beth est *ton* intermédiaire, le relais entre toi et la personne à qui tu veux parler. Tu dois te servir de sa radio. C'est comme ça que ça marche.

— J'ai surtout l'impression que rien ne marche jamais comme je le veux.

— Tu avais remarqué ? Allons-y. Je présume que tu connais le chemin vers le boudoir de madame.

Tristan conduisit Lacey jusqu'à la chambre d'Ivy. La porte était entrebâillée. Ella, qui les avait suivis, la poussa du bout du museau et se faufila dans la pièce ; Tristan et Lacey passèrent à travers le mur.

Assise devant la coiffeuse, Suzanne essayait des colliers et des boucles d'oreilles qu'elle prenait dans la boîte à bijoux d'Ivy. Allongée sur son lit, celle-ci lisait une liasse de papiers – une des nouvelles de Beth, supposa Tristan. Beth, elle, allait et venait.

— Si tu dois continuer à t'en servir comme d'une barrette, va au moins t'en acheter un qui soit incrusté de pierres précieuses, déclara Suzanne.

Beth porta la main à ses cheveux rassemblés sur le dessus de sa tête et en sortit un stylo.

— Je l'avais oublié.

— Tu es de pire en pire.

— Avouez que c'est intéressant, répondit Beth comme si de rien n'était. Courtney jure que sa petite sœur dit la vérité. Il est allé à la chapelle avec des copains et ils ont trouvé les pulls des filles perchés sur une applique.

— Elles les ont peut-être lancés elles-mêmes, lui fit remarquer Suzanne.

— Oui, peut-être, marmonna Beth d'un air dubitatif en sortant un bloc-notes de son sac à main.

Lacey se tourna vers Tristan.

— Voilà ton sésame, lui dit-elle. Elle pense à la chapelle. Le hasard te facilite la tâche.

Beth roulait son stylo entre ses doigts. Tristan s'approcha d'elle. Elle essayait sans doute de se représenter la scène. Il convoqua donc ses souvenirs. Il se revit passer de la pleine lumière dans la pénombre, repensa au groupe d'amies installées près de l'autel, aux débris sur le sol. Les récits de Beth regorgeaient toujours d'une pléthore de détails. Tristan imagina alors la sensation que la pierre humide avait dû laisser sur les jambes nues des filles, le picotement que le courant d'air provenant de la vitre brisée avait pu provoquer sur leur peau, la peur que les araignées qui avaient peut-être couru sur elles leur avaient inspirée.

Il se sentit glisser en dehors de lui-même...

Ah ! À l'inverse de Philip, Beth ne se ferma pas, mais elle repoussa Tristan catégoriquement. Elle s'éloigna de plusieurs pas et se retourna pour observer l'endroit qu'elle venait de quitter.

— Est-ce qu'elle me voit ? demanda Tristan à Lacey. Est-ce qu'elle voit mon halo ?

— Je ne crois pas. Elle n'a pas remarqué le mien. Par contre, elle a senti quelque chose. Mais tu y es allé trop fort.

— J'ai juste essayé de penser comme elle, de lui donner des détails. Elle les adore.

— Oui, mais tu l'as fait trop vite. Et elle sait qu'il se passe quelque chose d'anormal. Ralentis un peu.

À cet instant précis, Beth s'assit et se mit à rédiger.

Ses mots décrivirent les filles assises en cercle, certaines des sensations que Tristan avait imaginées. Bien qu'il ne puisse déterminer si elles provenaient de lui ou si elles sortaient de l'esprit créatif de Beth, Tristan ne put s'empêcher de pousser l'expérience plus loin.

Vlan ! Cette fois, le rejet fut si sévère que Tristan en tomba à la renverse.

— Je t'avais prévenu, lui dit Lacey.

— Beth, tu es aussi excitée qu'un chat, lança Suzanne.

Ivy leva les yeux de sa lecture.

— Aussi excitée qu'Ella ? C'est vrai qu'elle est bizarre depuis quelque temps.

Lacey agita le doigt en signe de mise en garde.

— Tu dois y aller doucement, rappela-t-elle à Tristan. Imagine que Beth est une maison et toi, un cambrioleur qui essaie d'entrer. Tu dois prendre ton temps. Avancer sur la pointe des pieds. Trouver ce dont tu as besoin au sous-sol – son inconscient – sans alerter la personne qui vit à l'étage. Tu comprends ?

Oui, il avait compris, mais il hésitait à renouveler son essai. Beth avait fait preuve d'une force de caractère et d'une puissance de refus bien supérieures à celles de Philip.

Tristan était agacé par son incapacité à transmettre le plus simple des messages à Ivy. Elle était si près, si près, et pourtant... Il pouvait passer sa main à travers la sienne, sans la toucher. Il pouvait s'allonger à ses côtés, sans la réconforter. Il pouvait prononcer un bon mot pour tenter de la faire sourire, sans être entendu. Il n'avait plus aucune place dans son existence et peut--

être pour elle était-ce mieux ainsi, si ce n'est que, pour lui, cela signifiait une vie dans la mort.

— Alors ça ! s'exclama Beth soudain. Je m'épate toute seule. Écoutez un peu cette première phrase : « Il n'avait plus aucune place dans son existence et peut-être pour elle était-ce mieux ainsi, si ce n'est que, pour lui, cela signifiait une vie dans la mort. »

Tristan lut les mots sur la page comme s'il avait tenu le carnet dans ses propres mains. Et lorsque Beth se tourna pour contempler sa photo sur le bureau d'Ivy, Tristan se tourna aussi.

« Si seulement tu savais », songea-t-il.

— Si seulement, dit Beth tout en écrivant. Si seulement, si seulement...

Elle se tut.

— C'est un bon début, remarqua Ivy en posant son manuscrit. Quelle est la suite ?

— Si seulement...

— Si seulement quoi ? demanda Suzanne.

— Je n'en sais rien, répondit Beth.

Tristan, désormais, voyait la pièce à travers elle. Il constata avec elle comme elle était jolie, remarqua le regard fixe d'Ella, l'échange de coups d'œil surpris entre Suzanne et Ivy, qui finirent par hausser les épaules.

« Si seulement Ivy savait combien je l'aime. »

Tristan formula cette phrase aussi clairement que possible dans son esprit.

— Si seulement il...

Beth s'interrompit, les sourcils froncés. Tristan sentit son étonnement comme si son propre front s'était plissé.

« Ivy, Ivy, Ivy, répéta-t-il. Si seulement Ivy. »

— Beth, tu es toute pâle, s'inquiéta Ivy. Tu vas bien ?

Beth cligna des yeux plusieurs fois.

— On dirait que quelqu'un me dicte mes mots.

Suzanne sifflota.

— Je ne suis pas folle ! s'indigna Beth.

Ivy s'approcha d'elle et plongea son regard dans le sien ; Tristan la voyait si bien. Mais il savait qu'elle ne le voyait pas.

— Mais elle ne le voyait pas... écrivit Beth en lisant à haute voix.

Elle ratura la phrase et relut ce qu'elle avait rédigé :

— Il n'avait plus aucune place dans son existence et peut-être pour elle était-ce mieux ainsi, si ce n'est que, pour lui, cela signifiait une vie de torture dans la mort. Si seulement elle le libérait... lui, de sa prison d'amour. Mais elle ne savait pas, elle ne voyait pas qu'elle seule détenait la clé...

Le stylo levé, Beth s'exclama :

— Je suis lancée !

Elle continua :

— Dans ses mains, ses mains si douces, si aimantes, si bienveillantes, si caressantes, dans ses mains qui tenaient, soignaient, espéraient...

« N'exagérons rien », songea Tristan.

— Tais-toi, lui répondit Beth.

— Quoi ? s'étonna Ivy, les yeux écarquillés.

— Tu es brillante.

Les trois amies pivotèrent sur leurs talons. Philip était apparu à la porte.

— Beth, tu es brillante, répéta-t-il.

— Philip, je t'ai déjà dit que je ne voulais plus t'entendre parler de cette façon !

— Tu ne veux pas qu'il dise que je suis brillante ? demanda Beth.

— Il n'arrête pas de parler d'anges, s'emporta Ivy. Il prétend voir des couleurs, des signes, et il s'est persuadé qu'ils viennent des anges. Je n'en peux plus ! Je ne veux plus l'entendre ! Combien de fois faudra-t-il que je le répète ?

À ces mots, Tristan se découragea. Ses efforts l'avaient mené bien au-delà de l'épuisement ; l'espoir seul lui avait donné des forces. Or cet espoir venait d'être anéanti.

Beth secoua la tête de stupéfaction, et Tristan se retrouva en dehors d'elle. Tandis qu'il rejoignait Lacey, Philip le suivit des yeux.

— Alors ça ! s'exclama Suzanne en adressant un clin d'œil à Beth. Je me demande où Philip a entendu parler d'anges.

— Ivy, ils t'ont bien aidée par le passé, lui fit remarquer Beth gentiment. Pourquoi ne pourraient-ils pas l'aider, lui, maintenant ?

— Ils ne m'ont jamais aidée ! s'écria Ivy. S'ils existaient vraiment, s'ils étaient nos gardiens, Tristan serait en vie ! Mais il a disparu. Comment voulez-vous que je croie encore en eux ?

Elle avait les poings serrés. La tempête qui faisait rage en elle avait donné à ses yeux une teinte vert foncé, qui brûlait de la certitude que les anges n'existaient pas.

Tristan eut le sentiment de mourir une seconde fois.

Suzanne jeta un regard interrogateur à Beth. Philip ne répondit rien. Il avait la mâchoire crispée. Une expression que Tristan lui connaissait bien.

— Ce gamin est une vraie tête de mule, commenta Lacey.

Tristan opina. Philip persistait à croire. Tristan se reprit à espérer un peu.

C'est alors qu'Ivy attrapa un sac en plastique dans sa corbeille. Elle entreprit de débarrasser son étagère de tous les anges qui s'y trouvaient.

« Ivy, non ! » Ces mots ne l'arrêteraient pas.

C'est Philip qui la tira par le bras.

— Est-ce que je peux les prendre ?

Ivy l'ignora.

— Ivy, est-ce que je peux les prendre ? répéta Philip.

Tristan entendait le verre se briser au fond du sac. La main d'Ivy avançait méthodiquement, inexorablement, attrapait statuette après statuette. Elle n'avait pas encore touché Tony ni l'ange d'eau.

— Ivy, s'il te plaît.

Elle finit par s'arrêter.

— D'accord, je te les donne. Mais tu dois me promettre de ne plus jamais m'en parler.

Philip posa un regard pensif sur les deux dernières statuettes.

— D'accord, mais si...

— Non, dit-elle fermement. C'est ça ou rien.

Avec précaution, Philip attrapa Tony et l'ange d'eau.

— C'est promis, murmura-t-il.

Et il sortit. Le cœur de Tristan se serra.

— Il est tard, annonça Ivy. Les autres seront bientôt là. Je ferais mieux de me changer.

— Je vais t'aider à choisir, suggéra Suzanne.

— Non, descendez. Je vous retrouverai en bas.

— Allez, tu sais bien que j'aime choisir tes vêtements...

— On y va, intervint Beth en poussant Suzanne vers

la sortie. Prends ton temps, Ivy. Si les garçons arrivent, on trouvera une excuse.

Elle ferma la porte derrière elles.

Enfin seule, Ivy tourna les yeux vers la photo de Tristan qui se trouvait à l'autre bout de la pièce. Elle resta là longtemps, immobile, des larmes roulant sur ses joues.

— Tristan, tu dois récupérer maintenant, murmura Lacey. Tu ne pourras plus rien faire si tu ne te reposes pas.

Mais il ne pouvait se résigner à quitter Ivy. Il lui ouvrit ses bras. Elle lui passa à travers le corps et se dirigea vers la commode, où elle prit la photo dans ses mains. Il la suivit et, de nouveau, l'étreignit, mais Ivy sanglota plus fort encore.

Ella apparut à côté d'elle. Posée sur la commode par Lacey. La petite chatte se frotta contre la tête de sa maîtresse.

— Oh ! Ella. Je n'arrive pas à l'oublier.

— N'essaie pas, l'implora Tristan.

— Il faudra qu'elle finisse par y arriver, le prévint Lacey.

— Je l'ai perdu, Ella, je le sais. Tristan est mort. Il ne me serrera plus jamais contre lui. Il ne peut plus penser à moi. Il ne peut plus me désirer. L'amour meurt avec la mort.

— C'est faux ! s'exclama Tristan. Je te serrerai à nouveau contre moi, je te le promets, et tu verras, mon amour ne mourra jamais !

— Tu es à bout de forces, Tristan, lui dit Lacey.

— Je te serrerai à nouveau contre moi, se lamenta-t-il. Je t'aimerai toujours !

— Si tu ne te reposes pas maintenant, insista Lacey, tu vas perdre ta capacité de jugement. Il te sera difficile de distinguer le vrai du faux, et même d'émerger du néant. Tristan, écoute-moi...

Avant qu'elle ait terminé sa phrase, les ténèbres l'avaient englouti.

Chapitre 16

— À mon avis, ces dernières semaines, on a vu autant de films que des critiques de cinéma, lança Suzanne alors que le groupe quittait la salle en file indienne.

— Je doute qu'ils se soient déplacés pour celui-ci, fit observer Will.

— Dommage, c'est celui que j'ai préféré de toute la série, déclara Eric. Il me tarde de voir *Bloodbath IV*.

Gregory regarda Ivy à la dérobée. Elle tourna la tête.

C'était elle qui suggérait d'aller au cinéma chaque fois qu'on l'encourageait à sortir, ce qui se produisait souvent depuis quelque temps. Si on lui avait laissé le choix, elle aurait regardé trois films d'affilée. Parfois, elle se piquait d'intérêt pour une intrigue, et lorsque cela n'était pas le cas, elle donnait au moins l'apparence d'être sociable sans faire l'effort de parler.

Malheureusement, la partie la plus simple de la soirée était terminée. Ivy tressaillit en quittant l'univers de fraîcheur et de pénombre pour la nuit chaude et les néons.

— Pizza ? suggéra Gregory.

— J'aimerais bien boire un verre, dit Suzanne.

— Puisqu'il a refusé que je remplisse son coffre, c'est Gregory qui paie, décréta Eric.

— Gregory paie la pizza, intervint le prénommé.

Ivy avait remarqué que, plus le temps passait, plus Gregory ressemblait à un moniteur de colonie de vacances, un élément rassembleur et responsable de leur étrange cohorte.

Qu'Eric se plie à ses règles l'étonnait – néanmoins, elle savait qu'ils se réservaient des soirées en compagnie de filles et de garçons bien plus débridés qu'elle.

Lorsque leur petit groupe se retrouvait, Ivy jouait à un jeu avec elle-même : elle calculait le temps qu'elle pouvait passer sans penser à Tristan ou, du moins, sans qu'il lui manque terriblement. Elle voulait réapprendre à s'intéresser aux autres. La vie avait beau s'être arrêtée pour elle, elle continuait pour le reste du monde.

Ce soir-là, ils optèrent pour Celentano's, une pizzeria à la mode. Les chaises y étaient bancales et les nappes faites de carrés de papier – « Crayons et craies de cire fournis », indiquait l'enseigne –, mais les propriétaires, Pat et Dennis, étaient de vrais gourmets. Beth, qui aimait tout ce qui contenait du chocolat, adorait leurs célèbres desserts à la pizza.

— Qu'est-ce que tu prends ce soir ? la taquina Gregory. Des brownies au fromage ?

Beth sourit, bien que ses pommettes aient rougi. Ivy trouvait qu'une partie de son charme lui venait de sa spontanéité et de sa capacité à rire de tout, y compris d'elle-même.

— Non, j'ai envie d'autre chose, dit-elle. De sain. Je sais ! Du brie aux abricots saupoudré de copeaux de chocolat amer !

Gregory s'esclaffa et posa une main amicale sur l'épaule de Beth. Ivy repensa à l'époque où certaines de ses remarques la laissaient pour le moins perplexe et l'avaient surtout convaincue qu'il se moquait d'elle et de ses amies.

Désormais, elle avait l'impression de le comprendre. À l'image de son père, il avait du tempérament et un grand besoin d'attention. Que Beth et Suzanne satis-faisaient en cet instant, même si, contrairement à Beth, Suzanne s'y ingéniait avec ruse, à moitié dissimulée derrière son menu.

— Je veux du pepperoni, se plaignit Eric. Rien d'autre.

Il parcourait la carte du bout du doigt, de haut en bas et de gauche à droite, comme une souris fébrile inca-pable de sortir d'un labyrinthe.

Will avait apparemment fait son choix. Il s'était mis à dessiner sur sa nappe en papier.

— Rembrandt est de retour ! lança Pat en passant devant leur table, la tête tournée vers Will. Monsieur a déjeuné ici trois fois cette semaine, expliqua-t-elle aux autres. J'aimerais croire que c'est pour notre cuisine, mais je sais que c'est pour le précieux matériel pour artistes que nous offrons gratuitement.

Will lui sourit, de ses yeux marron foncé plus qu'avec les lèvres.

« Lui, par contre, n'est pas facile à percer », se dit Ivy.

— Hé, O'Leary, l'interpella Eric une fois Pat partie, tu as le béguin pour madame la propriétaire ou quoi ?

— Il aime les femmes mûres, ironisa Gregory. Comme celle de la fac de Los Angeles, ou celle qui étudie en Europe au lieu d'être à la fac…

— Tu plaisantes, lança Suzanne, visiblement impressionnée.

Will leva les yeux.

— On est amis, précisa-t-il avant de reprendre ses croquis. En plus, je travaille à côté, au labo photo.

Ce fut une surprise pour Ivy. Aucun des amis de Gregory ne travaillait vraiment.

— C'est Will qui a fait ce portrait de Pat, indiqua Gregory aux filles.

Il était accroché au mur avec des punaises, vulgaire morceau de papier embelli à la craie de cire. Et pourtant, Pat y était parfaitement reconnaissable, avec ses cheveux raides soyeux, ses yeux noisette et sa bouche généreuse – Will avait capté sa beauté.

— Tu es doué, déclara Ivy.

Will releva brusquement la tête et fixa Ivy quelques secondes. Puis il se remit à son dessin. Ivy se demanda s'il avait voulu jouer les artistes ou s'il était juste timide.

— Tu sais, Will, dit Beth, Ivy se demande souvent si tu joues les artistes ou si tu es juste timide.

Will cligna les paupières d'étonnement.

— Beth ! s'exclama Ivy. Qu'est-ce qui te prend ?

— Je ne sais pas… Tu ne t'es pas posé la question ? C'était peut-être Suzanne alors. Ou moi. Je ne sais plus, Ivy, tout s'embrouille dans ma tête. J'ai une drôle de migraine depuis qu'on est parties de chez toi. Je dois avoir besoin de caféine.

Gregory éclata de rire.

— Je suis sûr que la pizza au chocolat fera l'affaire.

— Pour que les choses soient claires, annonça Will, je ne joue pas les artistes.

— Quand est-ce qu'on sort les mouchoirs ? railla Gregory.

Ivy s'appuya au dossier de sa chaise et jeta un coup d'œil discret à sa montre. Bien. Elle venait de passer huit minutes pleines l'esprit concentré sur ses amis. Huit minutes sans se demander ce qu'elle aurait ressenti si Tristan avait été assis là, à ses côtés. Elle progressait.

Pat prit leur commande, puis se tourna vers Will. Elle lui tendit des documents qu'elle avait dans sa poche.

— Je te parle devant témoins pour que tu ne puisses pas refuser, Will. Sache que je garde tous tes dessins pour les vendre le jour où tes tableaux seront exposés au Metropolitan Museum. En attendant, si tu ne t'inscris pas au festival, c'est moi qui vais le faire à ta place avec les nappes que j'ai gardées.

— Merci de me laisser le choix, Pat, répondit Will d'un ton sec.

— Vous auriez un autre formulaire d'inscription pour Ivy ? demanda soudain Suzanne.

— Pourquoi ? Tu gardes mes nappes aussi ? ironisa Ivy.

— Non, mais ta musique, oui, ma vieille. Le Festival de Stonehill prend toutes sortes d'artistes. Et ils ont une scène pour les concerts. Ça te fera du bien.

Ivy se mordit la langue. Elle était si lasse d'écouter les conseils. Tout le monde lui donnait des idées pour « se faire du bien », alors que la seule qui aurait eu cet effet se nommait Tristan.

Ivy regarda sa montre. Deux minutes seulement cette fois, deux minutes sans penser à lui.

Pat leur apporta les formulaires en même temps que les pizzas. Aussi, la conversation se porta sur les festivals des étés passés.

— Ce qui m'a toujours plu, c'est les danseurs, déclara Gregory.

— J'en faisais partie quand j'étais gamine, lui apprit Beth.

— Avant qu'un accident malencontreux ne mette fin à sa carrière, précisa Suzanne.

— J'avais six ans, reprit Beth, et c'était magique. Je tournoyais dans mon tutu à paillettes, les étoiles étincelaient au-dessus de ma tête. C'était beau ! Je tournais, tournais... et je suis passée par-dessus le rebord de la scène.

Will partit d'un grand éclat de rire. Ivy ne l'avait jamais vu si gai.

— Tu te souviens de la fois où Richmond devait jouer de l'accordéon ?

— M. Richmond, le proviseur ?

Gregory opina.

— Le maire a déplacé sa chaise.

— Et M. Richmond s'est assis, compléta Eric.

— Non !

Ivy s'esclaffa avec ses amis, bien que sa bonne humeur soit en partie feinte. Pour qu'elle soit complète, il aurait fallu qu'elle puisse la partager avec Tristan.

Quatre minutes.

Will s'était mis à dessiner de petites scènes : Beth,

tourbillonnant sur la pointe des pieds ; Richmond, les quatre fers en l'air. Il organisait l'ensemble comme une bande dessinée. Ses doigts étaient agiles, ses coups de crayon sûrs et francs. Ivy l'observa avec intérêt l'espace d'un instant.

— Tiens, une amie à toi, siffla soudain Suzanne entre ses dents tout en regardant Gregory avec un sourire félin.

Tout le monde tourna la tête. La gorge d'Ivy se serra. C'était Twinkie Hammonds, la « brunette » que Suzanne portait tant dans son cœur et à qui elle avait elle-même parlé la première fois où elle avait vu Tristan nager. Gary l'accompagnait.

Lorsque celui-ci remarqua Ivy, il la dévisagea un moment, avant de toiser Will, assis à côté d'elle, puis Eric et Gregory. Ivy se raidit sous son regard accusateur.

— Salut, Ivy, lui dit-il.

— Salut.

— Tu t'amuses bien ?

— Oui, répondit-elle en jouant avec un crayon pour se donner contenance.

— Ça fait un moment que je ne t'ai pas vue.

— Je sais, acquiesça-t-elle sans lui avouer qu'elle s'était cachée pour l'éviter une fois dans la rue, une autre au centre commercial.

— Tu sors beaucoup maintenant ?

— Oui, assez souvent.

Rencontrer Gary ravivait la douleur d'Ivy. Elle s'attendait toujours à voir Tristan apparaître à côté de lui.

— C'est ce que Twinkie m'a dit.

— Ça te pose un problème ? intervint Gregory.

— Je parlais à Ivy, lui rétorqua Gary d'un ton glacial. Je veux juste savoir comment elle va.

Il hésita un instant, puis reprit :

— Les parents de Tristan m'ont demandé de tes nouvelles l'autre jour.

Ivy baissa les yeux.

— Je vais les voir de temps en temps, poursuivit Gary.

— C'est gentil de ta part, répondit Ivy.

Cent fois, elle s'était juré d'y aller, elle aussi.

— Ça leur fait du bien de parler de Tristan.

Ivy hocha la tête en silence. Elle n'aurait jamais la force de revenir dans cette maison. Elle reposa le crayon.

— Ils ont laissé ta photo dans sa chambre.

Les yeux d'Ivy restèrent secs. Mais sa respiration haletait. Elle s'efforça de rester calme pour dissimuler son malaise.

— Il y a un mot glissé sous le cadre, poursuivit Gary d'une voix saccadée par un petit rire incertain. Tu sais quel genre de parents ils sont, enfin, étaient. Ils ont toujours respecté la vie privée de Tristan. Ils n'ont même pas osé le lire, ce petit mot, parce qu'ils savent qu'il vient de toi et que Tristan voulait le garder. Ils se disent que c'est une lettre d'amour et que sa place est avec ta photo.

Que lui avait-elle écrit ? Jamais rien de si personnel. Elle avait dû lui confirmer un horaire de cours de natation une fois, mais c'était tout.

Ivy réprima ses larmes. Il aurait mieux valu qu'elle ne sorte pas ce soir-là. Elle n'était pas encore assez forte pour ce genre d'épreuves.

— Espèce de fumier !

La voix de Gregory.

— C'est bon, murmura Ivy.

— Fous le camp avant que je t'aide à sortir !

— C'est bon ! répéta Ivy.

Elle ne mentait pas. Pas plus qu'elle, Gary ne maîtri-sait ses émotions.

— Je te l'avais bien dit, Gary, intervint Twinkie. Je savais bien qu'elle ne porterait pas du noir pendant un an.

Gregory se leva d'un bond. Sa chaise bascula en arrière. Il la poussa plus loin d'un coup de pied et commença à contourner la table, mais Dennis Celentano le rattrapa par le col de sa chemise.

— Qu'est-ce qui se passe ici, les jeunes ?

Ivy se figea, la tête baissée. À une certaine époque, elle aurait prié pour que ses anges lui donnent de la force, mais cette période était révolue. Elle demeura là, les bras serrés. Elle s'interdit toute pensée, tout sentiment ; elle ferma les oreilles à toutes les paroles indignées qui fusaient autour d'elle. Insensible, elle resterait insen-sible… comme elle aurait aimé le rester à jamais.

Pourquoi n'était-elle pas morte à sa place ? Pourquoi le sort en avait-il décidé autrement ? Tristan était tout ce que ses parents avaient. Il était tout ce qu'elle-même voulait. Personne ne pourrait le remplacer. Elle aurait dû mourir, et non lui !

Soudain, le silence emplit le restaurant. Un silence de mort. Avait-elle parlé à voix haute ? Gary avait disparu. Seul le frottement de la mine d'un crayon sur du papier se faisait entendre. La main de Will bougeait vite, avec encore plus de détermination et d'assurance qu'avant.

Ivy l'observa d'un air absent. Au bout d'un moment,

il écarta le bras. Et Ivy écarquilla les yeux. Des anges, partout des anges. L'un était le portrait de Tristan et il la tenait enlacée, elle, dans une étreinte amoureuse.

Ivy explosa dans une rage folle.

— Comment oses-tu ? hurla-t-elle. Will, comment oses-tu ?!

Leurs regards se croisèrent. Celui de Will était empli de confusion et d'affolement. Ivy s'en rendit compte, mais ne chercha pas à comprendre.

— Ivy, je ne sais pas pourquoi... Je n'ai pas voulu... Je n'aurais jamais... Ivy, je te jure que je n'aurais jamais...

Elle arracha le papier de la table. Il la regarda, incrédule, puis d'un ton calme lui dit :

— Je ne pourrai jamais te faire de mal.

Rien n'aurait été plus simple. En moins d'une milliseconde, lui sembla-t-il, il s'était glissé dans le cerveau de Will et avait établi la communication. Will avait dessiné les anges sans résister, comme si leurs deux esprits n'avaient fait plus qu'un. En revanche, Tristan avait été aussi surpris que tout le monde de se voir étreindre Ivy sur le papier. Son inconscient avait dû parler.

— Lacey, je suis perdu, se lamenta-t-il. Tout ce que j'entreprends pour l'aider la fait souffrir.

Mais ce soir-là, Lacey était occupée ailleurs et ne pouvait lui donner de conseils.

Aussi, après le départ d'Ivy et de ses amis, Tristan déambula seul dans les rues de la ville endormie. Il avait besoin de réfléchir. Devait-il s'obstiner à entrer en contact avec Ivy ? Il était devenu son ange au moment où toute référence à ce sujet, que ce soit sous forme de statuettes, de dessins ou de mots, ne provoquait plus chez elle que douleur et colère.

Ses nouveaux pouvoirs ne lui servaient strictement à rien.

En outre, il n'avait toujours pas résolu le mystère de sa mission. Comment l'aurait-il pu quand la seule pensée qui l'animait était de se faire entendre d'Ivy ?

— Je suis perdu, répéta-t-il.

Lacey avait-elle exagéré en affirmant que sa mission pourrait être de sauver une vie ? Et si c'était vrai ? Et si, trop obsédé par la souffrance d'Ivy et par la sienne, il avait manqué à ses devoirs envers autrui ?

Lacey lui avait recommandé de rester près des personnes qu'il connaissait ; c'est pour cette raison qu'après être revenu du néant, il était allé voir Gary et l'avait suivi chez Celentano.

Lacey lui avait également dit que la clé de sa mission se trouvait peut-être dans son passé, dans une question qu'il avait pu se poser et à laquelle il n'avait jamais répondu.

Il n'y avait qu'une solution : il devait apprendre à voyager dans le temps.

Il avait toujours imaginé ce dernier comme une spirale bouillonnante de pensées, de sentiments et d'actions, dans laquelle il avait lui-même tourbillonné jusqu'à ce qu'il en soit expulsé. Il lui apparut alors que le point de départ le plus probable pour son voyage serait sans doute le point où il avait quitté cette spirale. Retourner sur les lieux lui serait-il utile ?

Il s'élança le long des rues sombres et sinueuses. Il était tard et aucune voiture ne circulait. Aussi, Tristan força l'allure, seulement retenu l'espace d'un instant par la sensation étrange qu'un daim pourrait surgir devant lui.

Il s'étonna de la facilité avec laquelle il retrouva l'endroit, car tous les tournants et les virages se ressemblaient. Le feuillage des arbres était si épais que la pleine lune avait peine à filtrer. Loin de baigner le paysage d'une mare de lumière argentée, sa lueur diffuse ne ressemblait plus qu'à une sorte de brume d'un gris spectral.

Les roses étaient là. Pas celles qu'il lui avait offertes, mais un bouquet semblable. Elles étaient posées à même le bord de la route, fanées. Lorsqu'il les prit dans ses mains, leurs pétales se détachèrent comme des flocons calcinés ; seul le ruban de satin pourpre qui les attachait n'était pas abîmé.

Tristan leva les yeux vers la route pour regarder le passé. Il tâcha de se rappeler la dernière minute de son existence. La lumière. D'une luminosité éblouissante. Et une voix... Ou bien était-ce un message ? Il ne se souvenait pas des mots. Mais il était certain de les avoir entendus après l'explosion de lumière. Il convoqua celle-ci à son esprit, et se concentra.

Un point de lumière minuscule – oui, avant le tunnel, avant l'éblouissement, il y avait eu un point de lumière minuscule, dans l'œil du daim.

Tristan tressaillit. Il s'apprêta au choc. Son être tout entier ressentit l'impact. Il eut l'impression de s'affaisser sur lui-même. Il tomba à la renverse. C'est alors que la voiture commença à reculer, en une marche arrière accélérée, comme un train lancé en sens inverse sur des montagnes russes. Il filait le long d'une bande magnétique sur laquelle les mots étaient inaudibles et les mouvements erratiques. Il essaya de mettre fin à cette course folle. Il usa de chaque parcelle de son énergie pour plier le temps à sa volonté.

Et soudain, il se revit, assis à côté d'Ivy, tous deux parfaitement immobiles comme un arrêt sur image. Ils étaient dans la voiture, qui roulait normalement maintenant.

— Dernier point de vue sur la rivière, dit-il à Ivy alors qu'il abordait un virage serré après lequel la route s'éloignait du cours d'eau.

Le soleil de juin, qui descendait à l'ouest sur la crête de ce paysage du Connecticut, dardait ses fûts de lumière sur la cime des arbres, les faisant étinceler de flocons dorés. La route sinueuse s'enfonça dans un tunnel d'érables, de chênes et de peupliers. Ivy eut l'impression de plonger avec Tristan dans des vagues, sous un soleil brillant, leurs deux corps se mouvant à l'unisson à travers un abîme de bleu, de mauve et de vert profond. Tristan alluma les phares.

— Prends ton temps, lui dit Ivy. Je n'ai plus faim.

— Je t'ai coupé l'appétit ?

— Non, répondit-elle tendrement, je crois que je suis comblée.

La voiture fila dans un virage.

— Je t'ai dit de prendre ton temps.

— C'est bizarre, murmura Tristan. Je me demande ce qui...

Il baissa furtivement le regard.

— Ça n'a pas l'air de...

— Ralentis, je te dis. Ce n'est pas grave si on est un peu en retard... Oh !

Ivy pointa le doigt devant elle.

— Tristan !

Surgie des buissons, une forme s'engageait sur la route. Ivy avait perçu l'éclair fugitif au milieu des ombres denses, sans toutefois pouvoir déterminer ce qui l'avait provoqué. C'est alors que le daim s'arrêta. Il tourna la tête, ses yeux attirés par la lumière des phares.

— Tristan !

Ils roulaient à toute allure vers ces yeux qui brillaient.

— Tristan, tu ne le vois pas ?

La voiture continua de filer.

— Ivy, quelque chose…

— Là ! Le daim ! hurla-t-elle.

Les yeux de l'animal flamboyèrent. Puis une lumière apparut derrière lui, un éclat vif et soudain, en halo autour de sa silhouette sombre. Un autre véhicule arrivait en face. Les arbres les emmuraient. Que ce soit à droite ou à gauche, il n'y avait aucun espace où se réfugier.

— Arrête ! hurla Ivy.

— Je…

— Mais arrête ! Pourquoi est-ce que tu ne t'arrêtes pas ? le supplia-t-elle. Tristan, arrête !

Il somma la voiture de s'immobiliser, se somma lui-même de revenir dans le présent, mais il avait perdu le contrôle de la situation et plus rien ne l'empêcha de se précipiter dans le tourbillon des ténèbres. Qui l'engloutit.

Lorsqu'il ouvrit les yeux, Lacey était penchée au-dessus de lui.

— Le voyage a été rude ?

Tristan regarda alentour. Il était toujours sur la petite route boisée, mais le jour se levait et une lumière dorée aussi délicate qu'une toile d'araignée tendait ses filets sur les arbres. Que s'était-il passé ?

— Tu m'as appelée il y a des heures pour me demander ce que tu devais faire, lui dit Lacey. Visiblement, tu n'as pas eu la patience d'attendre ma réponse.

Tristan alors se souvint.

— J'ai remonté le temps, annonça-t-il. Lacey, ce n'était pas le daim. Si le daim n'avait pas surgi, il y aurait eu un mur. Ou bien des arbres, la rivière, le pont. Une autre voiture.

— Doucement, doucement ! De quoi est-ce que tu parles ?

— Il n'y avait pas de résistance, pas de liquide. Elle s'est enfoncée jusqu'au plancher.

— Qui ?

— La pédale. Les freins. Ils n'auraient pas dû lâcher de cette façon.

Tristan empoigna Lacey par les bras.

— Et si… et si ce n'était pas un accident ? Et si ce qui s'est passé n'en avait que l'air !

— Et toi, l'air d'être mort ? lui répliqua-t-elle. Tu m'as bien eue.

— Lacey, écoute-moi. Ces freins étaient en parfait état. Quelqu'un les a déréglés. Quelqu'un a scié le câble. Tu dois m'aider.

— Je ne sais même pas comment mettre de l'essence dans une voiture.

— Tu dois m'aider à entrer en contact avec Ivy !

Exaspéré, Tristan s'éloigna.

— Je préfère travailler sur les freins ! lança Lacey. Tristan, ralentis, tu vas renverser un autre daim !

— Ivy doit retrouver sa foi, déclara-t-il sans se retourner. Il faut absolument qu'on entre en contact avec elle. Qu'elle sache que ce n'était pas un accident. Quelqu'un voulait ma mort – ou la sienne !

Ivy a perdu la foi.
Saura-t-elle lire les signes
et voir que Tristan
ne l'a pas vraiment quittée ?

Voici les premières pages
du **tome 2** de

 Chapitre 1

— Cette fois, c'est décidé, je vais parler à Ivy, déclara Tristan. Il faut absolument que je la prévienne, elle doit savoir que la collision n'était pas accidentelle. Lacey, aide-moi ! Tous ces pouvoirs ne me viennent pas naturellement. Je ne suis pas un ange confirmé comme toi !

— Tu veux bien répéter ? répondit Lacey en s'adossant à la pierre tombale de Tristan.

— Tu m'accompagnes, oui ou non ?

Lacey examina ses ongles, ses longs ongles violets qui ne se cassaient pas et ne se dédoublaient pas davantage que les épais cheveux châtains de Tristan ne repousseraient.

— J'accepte, décida-t-elle enfin. Je suppose que je peux consacrer une petite heure à une fête. Par contre, ne t'attends pas à ce que je sois un ange de vertu.

Debout au bord de la piscine, Ivy sursautait à la moindre goutte qui l'éclaboussait. Soudain, deux jeunes filles accoururent, poursuivies par un garçon armé d'un pistolet à eau. Parvenus près d'Ivy, tous trois plongèrent dans le bassin, provoquant une gerbe qui la trempa de la tête aux pieds. Un an plus tôt, Ivy aurait perdu ses moyens et invoqué les anges. Désormais, elle savait que ceux-ci n'existaient pas.

L'hiver précédent, lors d'un cours de natation au lycée, paralysée sur un plongeoir par cette phobie qui remontait à l'enfance, elle avait prié pour que son ange d'eau lui porte secours. C'est Tristan qui était apparu.

Par la suite, il lui avait fait découvrir la nage. Les premiers jours, et même si elle avait claqué des dents, elle avait appris à aimer la sensation de l'eau sur sa peau. Puis elle avait appris à aimer Tristan, et ce bien qu'il ait refusé de croire en l'existence des anges.

Maintenant, Ivy savait qu'il avait raison. Tristan était mort et Ivy avait perdu la foi.

— Tu vas te baigner ?

Ivy se tourna vivement. Son visage hâlé et sa crinière blonde toute bouclée se reflétèrent dans les lunettes noires d'Eric Ghent. Les cheveux de ce dernier, mouillés, étaient plaqués en arrière, presque transparents sur son crâne.

— Dommage qu'il n'y ait pas de plongeoir, ironisat-il.

— La piscine est belle comme elle est, lui répondit Ivy sans réagir à la pique.

— Elle n'est pas profonde de ce côté, reprit Eric en ôtant ses lunettes.

Il les laissa retomber au bout de leur cordelette sur son buste osseux. Il avait les yeux bleu clair et les cils si pâles qu'on les voyait à peine.

— Je peux nager… des deux côtés, lui dit Ivy.

— Vraiment ? murmura Eric avec un sourire en coin. Fais-moi signe quand tu seras prête, ajouta-t-il avant de s'éloigner vers ses autres invités.

Ivy ne s'attendait pas à plus d'amabilité de la part d'Eric Ghent. Quoiqu'il les ait conviées, elle et ses deux plus proches amies, à cette fête estivale, elles ne faisaient pas partie de la bande des noceurs de Stonehill. Ivy était certaine que Beth, Suzanne et elle-même devaient leur invitation à Gregory, son presque-frère et meilleur copain d'Eric.

À la recherche de ses deux camarades, Ivy leva les yeux vers les chaises longues alignées de l'autre côté de la piscine. Coiffée d'un énorme chapeau et vêtue d'une robe pareille à une *muumuu*[1] hawaïenne, Beth trônait au beau milieu d'une dizaine de corps huilés et de têtes oxygénées. Elle parlait avec verve à Will O'Leary, un autre ami de Gregory. Pour une raison quelconque, Beth Van Dyke, qui n'aurait jamais rêvé qu'on puisse la penser

---

1. Robe traditionnelle portée à Hawaï. *(N.d.T.)*

intéressante, et Will O'Leary, que tout le monde trouvait passionnant, étaient devenus amis.

Les filles assises de part et d'autre se trémoussaient sur leur transat, feignant de chercher le soleil, le regard discrètement tourné vers Will. Lui ne remarquait rien. Il avait les yeux rivés sur Beth et buvait ses paroles en lui adressant régulièrement des hochements de tête encourageants. Beth lui exposait sans doute l'intrigue de sa dernière invention littéraire. Ivy se demanda si Will appréciait réellement les écrits de son amie – que ce soit ses poèmes, ses nouvelles, voire ses exposés, telle la biographie de Marie Stuart, reine d'Écosse, qu'elle avait préparée pour le cours d'histoire. Tous finissaient en histoires d'amour torrides et compliquées. Ivy sourit à cette pensée.

Will choisit ce moment pour la regarder et son visage sembla s'illuminer. Son expression n'était peut-être due qu'à la lueur fugace d'un rayon de soleil sur l'eau de la piscine, néanmoins, elle créa chez Ivy un sentiment de gêne qui lui fit perdre son sourire et l'incita à reculer d'un pas. Aussitôt, Will se détourna et son profil s'effaça dans l'ombre du chapeau à larges bords de Beth.

Ivy buta alors contre un torse nu, dur et froid. Non seulement le propriétaire ne fit rien pour s'écarter, mais il pencha la tête sur l'épaule d'Ivy et lui effleura l'oreille de ses lèvres.

— Je crois que tu as un admirateur, souffla Gregory.

Ivy resta sans bouger. Elle avait fini par s'habituer à son presque-frère, à sa façon de la serrer d'un peu trop près, de surgir derrière elle sans crier gare.

— Un admirateur ? Qui ? demanda-t-elle.

Gregory la regarda avec des yeux gris rieurs. Il était grand, mince, avait des cheveux noirs, et la peau bronzée par des heures d'entraînement quotidien au tennis.

Depuis trois ou quatre semaines, Ivy et Gregory avaient passé beaucoup de temps ensemble. Au mois d'avril précédent, Ivy n'aurait jamais envisagé cette perspective. À l'époque, seuls les rapprochaient le choc d'avoir appris que leurs parents allaient se marier, et le sentiment mutuel de colère et de méfiance qui en avait résulté. Ils avaient tous les deux dix-sept ans. Ivy travaillait pour gagner de l'argent et s'occupait de son petit frère. Gregory sillonnait à toute allure la campagne du Connecticut dans sa BMW, en compagnie d'une bande de copains riches et désœuvrés qui méprisaient quiconque était plus pauvre qu'eux.

Curieusement, les épreuves de la vie avaient estompé leurs différences : Ivy avait perdu Tristan dans un accident et Gregory, sa mère, qui s'était suicidée. Ivy avait découvert qu'à vivre sous le même toit, on finissait par connaître les sentiments intimes de l'autre. Contre toute attente, elle avait commencé à confier les siens à Gregory. Et lui, à se rendre toujours disponible pour elle.

— Un admirateur… répéta Ivy avec un sourire. Mon petit doigt me dit que tu lis les romans de Beth en cachette.

Elle s'éloigna de la piscine et Gregory la suivit comme son ombre. Ivy balaya rapidement le patio des yeux à la recherche de Suzanne Goldstein, son amie d'enfance. Par égard pour Suzanne, Ivy aurait bien aimé que Gregory ne se montre pas si démonstratif en public. Elle aurait préféré qu'il ne chuchote pas à son oreille comme s'il lui avait révélé des secrets.

Toute l'année, Suzanne avait pourchassé Gregory, qui l'y avait encouragée. Puis, un beau jour, elle avait annoncé que l'affaire était dans le sac. Gregory, lui, lorsqu'on lui posait la question, se contentait de sourire sans répondre.

Au moment même où Ivy posait une main discrète sur Gregory pour le repousser un peu, une baie vitrée coulissa. Suzanne émergea de la *pool house*, s'immobilisa, et contempla la vue qui s'offrait à elle : le long ovale saphir de la piscine, les sculptures de marbre, les terrasses de fleurs. Un arrêt sur image délibéré, pour que le public masculin ait le temps de l'admirer, sans aucun doute. Avec ses longs cheveux noirs luisants et son bikini si minuscule que, de loin, on l'aurait dite vêtue de trois pierres précieuses savamment placées, Suzanne éclipsait toutes les filles présentes ce jour-là, y compris celles qui appartenaient depuis longtemps à la bande d'Eric et de Gregory.

— Si quelqu'un a des admirateurs ici, c'est Suzanne, reprit Ivy. Et si tu es malin, tu la rejoindras vite avant d'être coiffé sur le poteau par tes concurrents.

Gregory s'esclaffa en repoussant tendrement une anglaise dorée du visage d'Ivy. Il savait que Suzanne les observait. Tous deux jouaient au chat et à la souris et Ivy se trouvait souvent prise au centre de leur petit manège.

Suzanne parcourut la distance qui les séparait avec une grâce féline combinant fulgurance du mouvement et allure posée.

— J'adore ton maillot ! s'exclama-t-elle alors.

Tout d'abord surprise, puisque Suzanne l'avait elle-même poussée à acheter ce modèle une pièce très échancré, Ivy comprit vite que la remarque de son amie n'était qu'un stratagème pour mieux attirer l'attention de Gregory sur son petit bijou de bikini.

— Vraiment, Ivy, il te va super bien, reprit Suzanne.

— C'est exactement ce que je lui ai dit, lança Gregory avec emphase.

C'était faux, bien évidemment. Il cherchait juste à attiser la jalousie de Suzanne. Ivy lui jeta un regard noir et il partit d'un grand éclat de rire.

— Est-ce que tu aurais de l'écran total ? poursuivit Suzanne. Quelle idiote je fais, j'ai oublié le mien !

Ivy n'en croyait pas ses oreilles. La première fois que Suzanne avait utilisé cette réplique, elles avaient douze ans et Ivy passait ses premières vacances à la plage en sa compagnie chez ses parents, M. et Mme Goldstein.

— Je vais rôtir si je ne mets rien, ajouta Suzanne.

Ivy savait pertinemment que son amie aurait pu s'allonger sur une plaque d'aluminium en plein midi sans prendre un seul coup de soleil. Elle attrapa néanmoins son sac, qui se trouvait sur une chaise juste à côté.

— Vous pouvez le garder, dit-elle en tendant le tube de crème à Gregory. J'en ai un autre.

Bien déterminée à s'éclipser, elle pivota sur ses talons. Gregory l'arrêta en l'empoignant par le bras.

— Et toi ? lui souffla-t-il sur un ton intime.

— Et moi, quoi ?

— Tu n'as pas besoin de crème ?

— Non, merci.

— Comment, non ? insista-t-il d'une voix suave. Je te connais, tu oublies toujours les endroits les plus sensibles.

Là-dessus, il ouvrit le tube et déposa quelques noisettes de crème sur le cou et les épaules d'Ivy. Puis il entreprit d'étaler le produit et, ce faisant, voulut glisser les doigts sous une bretelle du maillot pour la repousser. Ivy plaqua vivement la main sur la sienne. Elle commençait à perdre patience et ne doutait pas que Suzanne bouillait de rage, mais pas à cause du soleil.

Ivy se dégagea de Gregory, chaussa ses lunettes noires afin de dissimuler sa colère, et s'éloigna vivement, abandonnant Suzanne et son presque-frère à leur jeu de massacre.

Chacun d'eux l'utilisait pour marquer des points contre l'autre. Ne pouvaient-ils donc pas lui épargner leur guerre stupide ?

« Tu es jalouse, se reprocha Ivy aussitôt, parce qu'ils sont deux et que tu es seule, sans Tristan. »

Elle se laissa tomber sur une chaise longue à côté d'un petit groupe de filles et de garçons. Tous avaient les yeux rivés sur Suzanne, qui avait entrepris d'entraîner son petit ami vers des transats installés à l'écart des autres. Puis des murmures s'élevèrent lorsque Gregory se mit à masser le corps parfaitement proportionné de Suzanne pour faire pénétrer l'écran total.

Ivy ferma les yeux et tourna ses pensées vers Tristan. Elle repensa au projet qu'ils avaient eu de nager jusqu'au centre du lac Juniper pour y faire la planche, le bout de leurs doigts et de leurs orteils étincelant sous le soleil. Elle repensa aux baisers de Tristan, sur la banquette arrière de la voiture, le soir de l'accident. Elle gardait le souvenir de leur tendresse, et de la déférence, de la vénération presque, avec laquelle Tristan avait effleuré son visage. Elle repensa à ses étreintes, qui lui avaient donné le sentiment d'être non seulement aimée, mais aussi sanctifiée.

— Tu ne t'es toujours pas baignée.

Ivy souleva les paupières. De toute évidence, Eric ne renoncerait pas tant qu'elle ne lui aurait pas prouvé qu'elle n'avait plus peur de l'eau.

— Justement, j'y songeais, lui répondit-elle en retirant ses lunettes.

Eric alla l'attendre au bord du bassin. Il semblait à jeun, ce qui rassura Ivy. Certes, elle allait sans doute subir les conséquences de sa sobriété. Visiblement, quand Eric n'était ni soûl ni drogué, il se distrayait en s'attaquant à ceux dont il connaissait les points faibles.

Ivy se glissa dans l'eau. Au fur et à mesure qu'elle s'y enfonçait, elle sentit resurgir son ancienne phobie. Terrifiée, elle se figea.

« Être courageux, lui avait dit un jour Tristan, c'est surmonter sa peur. »

Ivy s'élança. À chaque nouvelle brasse, son corps se détendait un peu plus. Elle longea le bord de la piscine et attendit Eric dans le grand bain. Il nageait moins bien qu'elle.

— Ce n'est pas mal pour une débutante, lui lança-t-il néanmoins en la rattrapant. Pas mal du tout.

— Merci, lui répondit Ivy.

— Tu n'es même pas essoufflée.

— Je dois être en forme.

— Quand on allait en colo avec Gregory, on était petits, mais je me souviens d'un jeu qu'on aimait bien.

Ivy se douta qu'elle n'y échapperait pas. Sans même connaître les règles du jeu qu'Eric lui proposerait, elle regretta de ne pas être restée dans le petit bain, où l'eau n'était pas profonde, où les arbres ne cachaient pas le soleil et, surtout, où se trouvait la presque totalité des invités.

— Le but, c'est de retenir sa respiration sous l'eau le plus longtemps possible, reprit Eric.

Il avait parlé les yeux baissés ; Eric regardait rarement ses interlocuteurs en face.

— On le fait à tour de rôle. L'un plonge et l'autre chronomètre.

Ivy trouvait l'idée stupide, mais elle savait que plus tôt elle jouerait, plus tôt elle serait débarrassée d'Eric.

Il plongea le premier. Une fois sous l'eau, il sortit le bras pour qu'Ivy voie sa montre. Il resta en apnée une minute et cinq secondes avant de remonter, à bout de souffle. Ivy se prépara, fit entrer le plus d'air possible dans ses poumons, et plongea à son tour. Elle compta, lentement, bien décidée à réaliser un meilleur score que celui d'Eric. Pour s'occuper, elle concentra son attention sur ses mèches de cheveux qui ondulaient autour d'elle. Il y avait beaucoup de chlore et elle aurait préféré fermer les paupières, mais son instinct lui conseillait de se méfier d'Eric.

Lorsqu'elle remonta enfin, il s'exclama :

— Impressionnant ! Une minute et trois secondes.

Elle avait compté douze secondes de plus.

— Bien, reprit-il, maintenant, on va descendre tous les deux et essayer de battre notre propre record. À deux, c'est plus facile, on pourra se soutenir moralement. Tu es prête ?

Ivy accepta d'un signe de tête réticent. Ensuite, elle sortirait de la piscine. Eric regarda sa montre.

— Attention ! Un, deux...

Sans finir le compte à rebours, il entraîna brusquement Ivy sous l'eau. Comme elle n'avait pas fini de prendre son inspiration, elle essaya de se dégager, mais Eric la retint. Et lorsqu'elle pointa les mains vers le haut pour lui indiquer qu'elle voulait remonter, il lui empoigna les avant-bras.

Ivy suffoquait. Elle avait avalé de l'eau et elle était secouée de spasmes – or plus elle déglutissait, plus elle buvait de liquide. Eric la maintenait prisonnière.

Elle essaya de lui donner des coups de pied. Les lèvres serrées en un large sourire, il écarta les jambes.

« Ça l'amuse, se dit Ivy. Il se trouve drôle. Il est malade ! »

Elle avait l'impression que ses poumons étaient près d'exploser. Avec l'énergie du désespoir, elle serra les abdominaux et replia les genoux.

C'est alors qu'Eric grimaça et se tourna sur le côté avec une telle violence qu'il fit tournoyer Ivy avec lui avant de lâcher prise. Ils émergèrent tous les deux, haletants.

— Espèce de crétin ! Pauvre type ! s'étrangla Ivy, prise d'une quinte de toux.

Eric s'était hissé d'un bras le long du mur, le visage blême, les doigts serrés sur sa hanche. Au bout d'un instant, il s'agrippa au rebord des deux mains. Ivy remarqua alors les traces rouges, de fines marques ensanglantées, comme si quelqu'un l'avait griffé avec de longs ongles pointus.

Eric regarda autour de lui, puis posa des yeux vitreux sur Ivy. Il avait les traits toujours crispés par la douleur.

— C'était pour rigoler ! gémit-il.

Quelqu'un l'appela à l'autre bout du bassin. Les invités se dirigeaient vers la *pool house*. Eric sortit de l'eau tant bien que mal et rejoignit le groupe. Ivy, elle, resta sans bouger, à respirer profondément. Elle ne voulait pas quitter la piscine. Il lui fallait d'abord retrouver un souffle régulier. Ensuite, elle ferait quelques brasses. Tristan lui avait appris à dépasser sa phobie et elle ne donnerait pas à Eric le plaisir de la voir régresser. Elle se mit à nager.

Elle finissait d'effectuer son virage en vue d'une deuxième longueur lorsqu'on la saisit par la cheville. Affolée, elle tourna vivement la tête.

C'était Beth, agenouillée en équilibre précaire au-dessus de l'eau, les yeux dissimulés par les larges bords de son chapeau. Will, debout derrière elle, la retenait pour l'empêcher de tomber.

Ivy adressa un sourire soulagé à Beth et jeta un coup d'œil furtif vers Will.

— Qu'est-ce qu'il y a ? lança-t-elle.

— On va regarder des vidéos, lui annonça Beth avec enthousiasme. Ils ont filmé tous les événements de cette année à l'école, les matchs de basket, les...

Beth s'interrompit.

— … compétitions de natation ? finit Ivy.

Avait-elle envie de revoir Tristan nager le papillon ?

Beth se redressa et se tourna vers Will.

— Je vais rester un peu ici, lui dit-elle.

— Ne t'inquiète pas pour moi, Beth, déclara Ivy. Je…

— Je ne m'inquiète pas pour toi. Je veux faire bronzer ce magnifique corps d'ivoire qui est le mien sans avoir à m'inquiéter d'aveugler la foule. Puisque tout le monde est rentré, c'est le moment ou jamais.

Will eut un petit rire et glissa quelques mots à l'oreille de Beth.

Il était si tendre avec elle. Ivy le considéra sous un jour nouveau et se prit à espérer qu'il ne lui en voulait plus. La semaine précédente, un samedi soir, à la pizzeria, elle lui avait fait une vraie scène. Will avait dessiné des anges sur la nappe en papier de leur table. Parmi eux, Ivy s'était reconnue, serrée dans les bras de Tristan. L'idée saugrenue de Will l'avait plongée dans une telle rage qu'elle en avait déchiré la nappe en menus morceaux.

— Va regarder les vidéos avec les autres, Beth, insista Ivy. Je veux juste nager un peu.

C'est alors que Will s'accroupit et lui souffla :

— Tu ne devrais pas nager seule, Ivy.

— Tristan me disait la même chose, répondit-elle, interloquée.

Will la dévisagea avec des yeux d'une expressivité singulière. On aurait dit deux lacs marron assez profonds pour s'y noyer. Les yeux de Tristan étaient couleur noisette, et pourtant, Ivy voyait dans ceux de Will une ressemblance qui l'attirait.

Elle détourna la tête. Et s'immobilisa, le souffle coupé : un papillon aux ailes colorées s'était posé sur son épaule.

— Un papillonneur ! s'exclama Beth en utilisant le surnom donné aux nageurs de papillon.

Elle devait penser à Tristan, tout comme Will et Ivy.

Celle-ci voulut repousser l'insecte d'un geste de la main. Il battit des ailes, mais refusa de s'envoler.

— Il te prend pour une fleur, lui dit Will avec un sourire, le regard étincelant.

— Peut-être... répondit Ivy.

Elle avait eu son lot d'expériences étranges pour la journée. D'une détente des jambes, elle repartit nager.

Après plusieurs longueurs, satisfaite, elle se plaça au centre du bassin pour y faire la planche.

« C'est formidable, Ivy. Est-ce que tu connais la sensation de flotter sur un lac, entouré d'arbres, un grand bol de ciel bleu au-dessus de toi ? On est allongé sur l'eau, le soleil étincelle au bout de nos doigts et de nos orteils. »

La phrase de Tristan retentit avec clarté. Ivy redouta que le grand bol de ciel bleu ne se fracasse, tout comme le pare-brise de la voiture l'avait fait le soir de l'accident.

Au lieu de cela, ses souvenirs la transportèrent jusque dans la piscine où elle avait appris à flotter, le bras de Tristan sous la cambrure de son dos.

« Doucement, lui avait-il soufflé, ne résiste pas. »

Elle s'était laissé faire. Elle avait fermé les yeux pour s'imaginer au centre d'un lac. Lorsqu'elle avait rouvert les paupières, Tristan la regardait, son visage tel un soleil qui la réchauffait.

« Je flotte, avait-elle murmuré.

— Oui, tu flottes.

— Je flotte… »

Leurs lèvres avaient prononcé le même mot en même temps.

Ivy eut l'impression que Tristan se penchait au-dessus d'elle encore une fois, que son visage s'approchait du sien…

— Rends-moi ça !

Ivy releva si brusquement la tête qu'elle coula à pic. Une fois remontée à la surface, elle se passa les mains sur les yeux.

La porte coulissante de la *pool house* était grande ouverte et Gregory galopait sur la pelouse en brandissant un bout de tissu noir. Eric le poursuivait, tenant d'une main le chapeau de Beth placé en guise de feuille de vigne et, de l'autre, un long couteau de cuisine.

— Tu es mort, Gregory !

— Viens le chercher, l'asticota ce dernier en agitant le maillot d'Eric du bout des doigts. Allez. Tente le coup !

— Je vais te...

— Allez, allez, je t'attends !

Soudain, Eric s'arrêta net. Puis, d'une voix glacée, il déclara :

— Je t'aurai, Gregory, et au moment où tu t'y attendras le moins.

CE ROMAN
VOUS A PLU ?

**DÉCOUVREZ TOUTE LA COLLECTION
JEUNES ADULTES
AU LIVRE DE POCHE JEUNESSE**

Donnez votre avis
et retrouvez l'agenda des nouveautés
sur le site

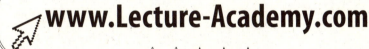

www.Lecture-Academy.com

Composition JOUVE - 45770 Saran
N° 625684A
Imprimé en Espagne par BLACK PRINT CPI IBERICA
32.05.3007/01 - ISBN 978-2-01-323007-0
Loi n° 49-956 du 16 juillet 1949 sur les publications destinées à la jeunesse.
Dépôt : octobre 2011